Klaus Schlesinger · Matulla und Busch

Klaus Schlesinger

Matulla und Busch

Hinstorff Verlag
Rostock 1986

ISBN 3-356-00028-4

2. Auflage 1986. Lizenz-Nr. 391/240/60/86
Printed in the German Democratic Republic
Ausstattung: Lothar Reher
Gesamtherstellung: Karl-Marx-Werk Pößneck V 15/30
Bestell-Nr. 522 727 6

00650

für Bruno

Die Geschichte vom zweiten Leben des Friedrich Gustav Matulla beginnt an einem Frühjahrsmorgen im schwäbischen Fellbach mit einem Einschreibebrief und endet, drei Monate später, in Berlin SO 36 mit einer Fünfkiloladung des Sprengstoffs Ekrasit.

Matullas erstes Leben hatte fünfundsiebzig Jahre früher begonnen, am 21. Januar des Jahres 1906, um viertel nach acht Uhr, in einer Kreisstadt in Pommern, an die er sich noch heute wegen einer Empfindung erinnert, die ihn so heftig und unerwartet getroffen hatte wie später nie wieder.

Er war, an der Hand seiner Mutter, aus einem Anlaß, den er nicht mehr weiß, die Kaiserallee hinuntergegangen, vorbei an der Gendarmerie und dem Rathaus, die kopfsteingepflasterte Danziger Straße hinunter, die in flottem Schwung zu einem massigen, ziegelroten Gebäude führte, und, durch eine kühle Halle hindurch, auf eine überdachte Plattform.

Dort, inmitten aufgeregter Menschengruppen, inmitten von Dampfgezisch und Eisengehämmer, Abschiedsrufen und geschwenkten Tüchern, überfiel Matulla jene Empfindung, die mit Erregung zu schwach, mit Erschrecken zu stark beschrieben wäre und die so lange anhielt, bis sich am Rand der Plattform die stumpfschwarzen Kästen in Bewegung setzten und unter rhythmischem, schnell sich steigerndem Fauchen verschwanden – Matulla hatte die erste Eisenbahn seines Lebens gesehen.

Fortan fand ihn seine Mutter, wenn sie ihn suchte, immer häufiger in der Nähe des Bahndammes, wo er, an den Sockel eines Signalmastes gelehnt, den Zügen nachsah, die in die großen Städte fuhren, ostwärts nach Danzig, westwärts nach Stettin.

An den Abenden saß Matulla, nach getaner Haus- und Gartenarbeit, über einen Atlas gebeugt, folgte mit dem Zeigefinger den haarfeinen Linien zwischen den Städten Europas, und spätestens seit Matullas elftem Lebensjahr war es sein größter Wunsch, einmal mit der Transsibirischen Eisenbahn zu reisen, quer durch ganz Rußland, durch Taiga und Tundra, drei Wochen lang, hin und zurück, ein Wunsch, der zur Leidenschaft wuchs und erst verfiel, als Matulla tatsächlich zwei große Reisen unternahm.

Die erste führte ihn 1940 als Untergefreiten bis an den westlichen Rand des Kontinents und dauerte acht Monate, die zweite mit dem 3. Infanterieregiment unter General N. erst bis Baku, dann, nach der Gefangennahme durch einen russischen Spähtrupp, bis Krasnojarsk/Sibirien. Sie dauerte fünf Jahre. Von Matullas Leidenschaft für die Eisenbahn blieben eine gewisse Unstetigkeit in seiner Biografie und ein preußischblau gebundenes Album mit Bildern der Serie „Lokomotiven aus aller Welt“, die er seinem tabakrauchenden Vater verdankte, einem bodenständigen, strengen Mann, der 1916 vor Verdun gefallen war. Als einziges Relikt seiner Kindheit begleitete es ihn auf seinem Weg durch halb Deutschland, erst nach Berlin zu einer aus ökonomischen Gründen abgebrochenen Lehre als Bauzeichner im Reichsbahnausbesserungswerk Schöneweide, dann nach Arnstadt in eine vier Monate währende, mit einer Flucht seiner Frau endende Ehe, später ins Südhessische, wo Matulla, nach einem Dutzend Hilfsarbeitertätigkeiten, eine längerdauernde Anstellung als Kesselwärter fand, und schließlich in ein Altersheim der unteren Klasse am Rande des Industriestädtchens Fellbach, wo es auf dem Grund eines Kleiderschrankes im Zimmer Zwonullvier unter gestopften Socken und alten Schuhkartons lag, von Matulla nur selten beachtet.

Wenn von Matulla die Rede ist, dürfen wir Busch nicht vergessen. Busch, Walter Matthias, ein kleiner wieseliger Mann, der im Juni siebenundsiebzig wird. Matulla kennt ihn seit acht Jahren. Seit acht Jahren und zwei Monaten lebt er mit Busch zusammen, wie er vorher mit keinem Menschen zusammen gelebt hat. Matulla und Busch im Zimmer Zwonullvier, im zweiten Stockwerk des Männerwohnheims an der Neuen Brücke.

Ohne Busch ist Matulla gar nicht mehr denkbar. Was sollte er tun, wenn ihm sein Bein, wie häufig in der letzten Zeit, den Dienst versagt und kein Busch zur Stelle ist, der einen der klapprigen Rollstühle heranzieht, damit Matulla sich setzen kann, und Busch schiebt ihn dann durch den winzigen Stadtpark und die Fußgängerzone, vorbei an der Fellbacher Bank, geradenwegs zum Platz vor dem Busbahnhof, wo sie bei schönem Wetter mit den anderen Alten sitzen und die Zeit totschlagen mit Kartenspielen.

Über Busch ist wenig bekannt. Obgleich er im Ruf eines Mannes steht, der jede Gelegenheit zum Reden nutzt, führt doch alles, was er sagt, nur zu einer Person, zu seiner Lene, als hätte es nichts Wichtigeres in seinem Leben gegeben als diese Frau, und wenn sie wieder einmal beim Thema eins sind und einer, Rogowski der Panzerfahrer zum Beispiel, wissen will, wo Busch gewesen ist in der großen Zeit, Ostfront, Westfront, bei welcher Einheit, oder gar u. k. gestellt?, wird Busch ganz still und abweisend. Sosehr einer auch bohren mag, es ist nichts zu machen, Busch hält den Mund.

Auch Matulla sagt nichts, höchstens daß er, wenn Rogowski mit dem Sticheln nicht aufhören will oder der dicke Rabell, der bei den Gebirgsjägern war, die Mundwinkel verzieht und Busch fixiert, als hätte er ein wildes Kaninchen im Visier – daß Matulla kurz und schroff die Hand hebt und Also, Busch! sagt, worauf Busch sich strafft, die Hände um den Bügel hinter Matullas Kopf legt und abschiebt, über den Platz vor dem Busbahnhof, durch die Fußgängerzone hindurch, zum winzigen Stadtpark.

Dort sitzen sie oft und schweigen stundenlang; Matulla hat die Augen bis auf einen schmalen Spalt geschlossen, sieht die verschwommenen Umrisse einer Lilienrabatte und dann, als wäre ein Schalter betätigt worden, die Kirchgasse in Arnstadt, die Weite hinter dem Lagerzaun in Krasnojarsk, die Kochstube in Schöneweide, das fahle Gaslicht an der Decke, seine Arnstädter Ilse steht vor dem Herd, ein Mann in Landwehruniform, in dem Matulla seinen Vater erkennt, klatscht ihr auf den Hintern, und die beiden, die sich im Leben nie kannten, lachen wie ein vertrautes Paar, Matulla schreckt auf, bewegt den Kopf heftig hin und her, als wolle er sie abschütteln, diese Bilder, die er immer öfter sieht, morgens nach dem Aufwachen, abends vor dem Einschlafen, widersinnig zusammengefügte Bilder aus seinem Leben, richtiger: aus seinem ersten Leben, dessen letzte Momente, ohne daß Matulla es ahnt, an diesem Frühjahrsmorgen angebrochen sind. Wir schreiben Montag, den neunten Mai. Die Uhr über der Tür des Frühstücksraumes, in dem Matulla sitzt, zeigt dreizehn Minuten nach neun.

1

Irgend etwas ist anders als sonst. Wie immer hat Busch den Matulla über den Hof in den Frühstücksraum geschoben; wie immer saßen sie schon alle da, die alten Knacker, Rogowski der Panzerfahrer, der dicke Rabell und Kuno Krause, der früher am Hochofen gestanden hat. Wie immer die alten Reden, das alte Gemecker; Bunzel, der zum tausendsten Mal vom Gaskrieg in Flandern erzählt, der Streit um die Marmelade, alles wie immer, und doch ist heute irgend etwas anders als sonst.

Wer stört hier das Bild? Die Küchenmamsell, die ihren Kopf durch das Schiebefenster der Essenausgabe steckt? Die türkische Putzfrau mit dem Besen in der einen, der knallig bunten Zeitung in der anderen Hand? Nein. Die sind es nicht. Dann schon eher der Mann an der Tür, graublaue Uniform, Schirmmütze, das Horn auf dem Ärmel: der Postbote.

Das ist ungewöhnlich. Sonst gibt er gleich alles vorn im Büro ab, und nach dem Frühstück liegt das dann auf dem Tisch neben der Hoftür, die paar Briefe, hin und wieder ein Paket, und natürlich der Stapel für Konzag, der an alle Firmen schreibt, die in der Bunten annoncieren. Und nun steht der Postbote in der Tür, wedelt mit einem Stück Papier, als wolle er jemandem Zeichen geben, der in Matullas Nähe sitzt, aber Busch kaut versonnen, und Detlevsen stippt sein Brot in den Milchkaffee. Also er? Also Matulla? Ja, er! Er ist gemeint. Soll hinkommen. Matulla spreizt die Arme, weist auf sein Bein, jetzt springt Busch auf, ruft: Laß mal, Gustav!, trippelt zur Tür, aber der Postbote, noch bevor Busch ihn erreicht hat, schüttelt heftig den Kopf, schiebt sich seinerseits durch die engen Stuhlreihen und erreicht Matulla fast gleichzeitig mit Busch, der auf halbem Weg umgekehrt ist. Ein Brief für Matulla persönlich, Einschreiben, und hier eine Unterschrift, bitte sehr, ich bestätige erhalten zu haben. Schön gleichmäßig, in strenger Sütterlin, Matulla.

Busch guckt, der dicke Rabell guckt, alle gucken. Matulla wiegt den Brief in der Hand, liest seinen Namen in dem durchsichtigen Zellophanfenster in der linken Ecke, keine Verwechslung, kein Irrtum. Aber amtlich. Einschreiben ist immer amtlich.

Er weiß, er muß den Brief öffnen, jetzt, auf der Stelle. Kann sich sonst einsargen lassen. Die lynchen ihn sonst. Aber etwas in ihm wehrt sich dagegen. Warum, weiß er nicht. Diese Stille. Diese Spannung. Wie damals, vor vier, nein, vor fünf Jahren. Auch da war so eine Stille, eine Spannung gewesen, und Matulla im Mittelpunkt aller Aufmerksamkeit. Davor lagen Wochen des Meckerns, des Naserümpfens, der spitzen Bemerkungen vor dem offenen Schiebefenster zur Küche, wo Herrn Kortes Schwager, der Loddel, der noch nie einen Kochlöffel in der Hand gehabt hatte, in den Töpfen herumrührte und nicht mehr Tante Anna, warum, wußte jeder. Immer die gleichen Matschkartoffeln, das pappige Fleisch, die muffigen Soßen. Bis ihn die Wut packte. Einmal packte ihn die Wut. Zur Mittagszeit. Der erste Schnee war schon gefallen und wieder getaut. Eine kalte Wut. Und er schlug die Faust auf den Tisch mit aller Kraft, die Teller tanzten und schepperten, die graue Pilzsuppe schwappte über den Rand der Schüssel, und Matulla brüllte durch den Raum, daß jeder, auch Herr Korte, vor allem Herr Korte es hören konnte, er, Matulla, habe es satt bis obenhin, nun sei Schluß, und er werde das Essen so lange verweigern, bis wieder Genießbares auf den Tisch komme, und er sagte, brüllte noch ein Wort. Vetternwirtschaft!

Da blieben die Löffel in der Suppe, da hoben sich die Köpfe, da kam Herr Korte quer durch den Raum auf ihn zu, schrie etwas von Hausordnung und Nötigung und Verleumdung und daß er ihn, Matulla, verantwortlich mache für alle Folgen und so weiter! Korte brüllend und stämmig vor Matulla, die anderen zogen die Köpfe schon ein, und ihm wurde heiß, sein Herz schlug im Kopf, und die Kehle war wie zugeschnürt, ganz so wie früher, wenn sein Vater eine Strafpredigt hielt und er dastand, den Kopf gesenkt und mit schlechtem Gewissen, und nun schrie Korte sein Also, bitte, Herrschaften! durch den Raum, scharf, keinen Widerspruch duldend, und alles starrte auf Matulla, den Löffel in der Suppe, und wartete, daß der etwas erwidern würde, Matulla schluckte und schluckte, aber nichts war, es ging nicht, er brachte kein Wort heraus, und erst als sich die Löffel wieder bewegten und Herr Korte sich reckte, die Hände in die Hüften stemmte und in die Runde sah, fiel diese Hemmung von ihm ab, ganz plötzlich, als wäre sie nie dagewesen, seine Kehle war frei, er holte tief Luft und rief ein lautes klares Nein! und rief es noch einmal und rief es so lange, bis die Löffel, einer nach dem anderen, in die Teller fielen und Rogowski aufstand und das Wort Saufraß! brüllte und Busch auf den Tisch zu trommeln begann und die anderen seinem Beispiel folgten, ein dumpfes rasendes Getrommel nach einer Stille, die so spannungsgeladen gewesen war wie diese jetzt, da Matulla den Brief voller Mißtrauen in der Hand wiegt.

Gib mal ein Messer, sagt Matulla zu Busch, obgleich er ein Besteck vor sich liegen hat. Busch wischt seines mit der Serviette sauber. Ein Ratsch, der Brief ist offen. Geknister, Stille. Ein kurzer Blick, ein zweiter, ungläubiger, die Stille ist atemlos – dann steckt Matulla den Brief in die Tasche.

Alle fordern: Vorlesen. Das kann er nicht machen, sie einfach so sitzenlassen. Er muß vorlesen. Wat los war. Das wolln sie wissen. Matulla ganz steif. Busch verteidigt ihn gleich; wie die Wölfe sind die! Laßt doch den Gustav in Ruhe! Ist doch sein Brief! – Und beißt in sein Marmeladenbrot und kann es vor Spannung kaum aushalten.

Komm, sagt Matulla.

Aber Busch hat doch gerade angefangen zu essen.

Matulla sagt: Komm.

2

Im Zimmer sitzen sie, am kleinen Tisch, neben dem Fenster; Matulla starr, Busch rutscht hin und her. Seit er Matulla aus dem Frühstücksraum in das Zimmer Zwonullvier geschoben hat, ist kein Wort zwischen ihnen gefallen. Busch hat sich heiter und unbefangen gegeben, aber die Unruhe steckt ihm tief im Körper, treibt ihn hoch von seinem Sessel, gibt ja genug zu tun. Er spült die Aschenbecher im Becken unter dem Spiegel, wischt die Ränder der Zahnputzbecher vom gläsernen Bord und fährt mit dem Staublappen über den kleinen Tisch, auf den Matulla den Brief gelegt hat, immer um das Kuvert herum, als sei es die pure Nebensache. Was geht ihn das auch an? Nichts, bei Licht betrachtet. Wenn Matulla nicht darüber reden will, soll er es lassen, aber nicht einfach so dasitzen, und er rennt hier rum. Nicht mal ein Räuspern hilft, nicht mal ein Hüsteln, Matulla bleibt stumm. Wassergraue schräge Augen in dem knochigen Gesicht. Busch geht zu den Betten, schüttelt die Decken auf, klopft erst seine, dann Matullas Kissen; eine Wolke weißer Daunen stiebt auf und senkt sich auf den Boden. Busch seufzt, geht in die Hocke, liest jede einzelne Feder auf, zieht sich an der Sessellehne hoch, spürt jetzt den Stich in der Hüftgegend, der erst vergeht, nachdem er, halb gebückt, paar Schritte getan hat. Runter geht ja noch, aber rauf!

Er tritt auf den Hebel des Abfalleimers, der Deckel schnappt auf wie ein Fischmaul, er rollt das fettige Häufchen Federn zu einem Klumpen, läßt ihn fallen, und noch bevor er zwischen Staub, verknülltem Papier und leeren Arzneiflaschen versunken ist, klopft sein Herz so stark, daß er es nicht mehr aushält und zu reden beginnt: daß es ja nur ein kleines Loch sein könne, da muß man was rüberkleben, dann hält das ne Weile, Busch lacht, als erinnere er sich an etwas, redet einfach weiter, so in den Raum hinein, was der Detlevsen für ein dummes Gesicht gemacht hat, neulich, vorletzten Sonntag, wie Matulla die ganze Runde geblufft hat und Detlevsen endlich mal drei Zehner auf der Hand und Matulla nichts, rein gar nichts, und hat doch alles eingestrichen, weißte noch, Gustav?, läßt sich auch nicht aus der Fassung bringen, als Matulla nicht antwortet, ja, sie sei genauso gewesen, seine Lene, einmal hat sie ihn von der Arbeit abgeholt und schon so ein Gesicht gemacht, als wär wunder wer weiß was geschehen, und Busch immer: Wat ist denn, Lene, det is doch wat!, aber von Lene kein Sterbenswörtchen, immer nur geheimnisvoll gelächelt, bis sie zu Hause waren, da hat eine Flasche Wein auf dem Tisch gestanden und Kerzen, die hat sie angesteckt, und weißte, was war, Gustav? Die Lene ihr Cousin ist Leutnant geworden, vom einfachen Muschkoten zum Leutnant.

Busch, mitten im Zimmer stehend, lacht in sich hinein, immer mit einem Blick auf Matulla, der sich jetzt bewegt, der Brustkorb spannt sich, der Kopf geht in die Höhe, ihre Augen treffen sich für einen Herzschlag, dann pustet Matulla Luft durch die Zähne, Busch weiß nicht, ob aus Unwillen oder Anteilnahme, redet auch gleich weiter, nur jetzt nicht aufhören, selbst wenn Matulla ihm ins Wort fallen würde, schroff oder zurechtweisend, Busch hätte ja, wie nach jedem Streit zwischen ihnen, die Möglichkeit zu einer verständigungsbereiten Geste gehabt, ein versöhnliches Gustav!, nach einer kurzen Pause wiederholt, weicher noch, einlenkender, dann Matullas ärgerlich abschließendes Ach, naja! und sein, Buschs, Angebot: Na, Gustav, soll ich ein Bierchen spendieren?, aber so weit kommt es nicht, plötzlich, Busch hat sich, immer noch lachend, zum Fenster gedreht, spürt er Matullas Blick im Rükken, hört seinen Namen rufen, den Ton kennt er, Vorsicht, Vorsicht, und er verharrt in einer Drehung, lauscht, den Kopf zur Seite geneigt, in den Raum hinein und findet, als Matulla fortfährt, seine schlimmste Vermutung bestätigt.

So ein Anblick, so ein Gefühl! Er hat sich in einer Straße stehen sehen, vor einer Haustür, die Arme über der Brust verschränkt, blühende Vorgärten und Vogelgepiepse, am Rinnstein Kinder, und eine Luft wie Samt. Er hat sich gestreckt und gereckt und gestöhnt vor Wohlbehagen, und dann hat er eine Stimme gehört, die ihm bekannt vorkam, plappernd und in ständiger Bewegung, ist aber noch einmal zurückgefallen in das Bild dieser stillen Straße, hat eine eichene Haustür gesehen und eine blankgeputzte Klinke mit einem Dragonerkopf am Ende, und dann hat Busch vor ihm gestanden, der plappernde Busch. Hat geredet und geredet und nicht mehr aufgehört. Und immer um den heißen Brei herum. Der platzt bald vor Neugier. Soll er platzen. Was geht ihn das alles an, die Sache mit dem Busch seiner Lene und die ihrem Cousin oder was. Das ist seine Stunde, Matullas Stunde. Das glaubt ihm keiner. Das glaubt er sich beinahe selbst nicht. Aber es ist amtlich. Stimmt alles, von vorne bis hinten. Und dieser Busch immer um ihn herum. Aber nicht mehr lange. Mein lieber Scholli. Dann ist Schluß.

Der gibt keine Ruhe, der steht schon wieder am Waschbekken, fuhrwerkt herum. Schlappernde Hosen, hüpfender Bauch, und das Mundwerk dauernd in Bewegung. Das einzige, wozu der taugt, ist Ordnung halten. Und das Geld zusammenhalten. Das kann er wirklich. Das ist aber auch das einzige. Gerade jetzt. Wo Matulla doch seine große Stunde hat.

Busch, sagt Matulla.

Der hat sicher gespart. Der hat sicher was auf die Seite gebracht. Der hat, wenns nötig war, noch immer irgendwas rausgerückt, und wenns nur ein paar Mark waren.

Busch, sagt Matulla, forschender, fragender.

Der steht mit dem Rücken zu ihm. Soll sich umkucken. Soll nicht so tun.

Busch, sagt Matulla, wieviel Geld hast du?

Busch verharrt noch einen Moment. Nichts anmerken lassen, bei Überraschungen bis fünf zählen. Dann dreht er sich um.

Geld? – –

Die Augen kugelrund, ein Bündel Unschuld.

Icke? – –

Mensch, Gustav, du weißt doch. Woher denn. Auf Ehre. Das bisselken Taschengeld. Das weiß er doch selbst. Wie das wegrennt. Als obs Beine hätte.

Ja, wiederholt Busch und lacht wie über einen guten Witz, als ob die Mark Beine hätte.

Busch kommt in Schwung, stimmt ein richtiges Klagelied an, die paar Piepen im Monat, und der Kiosk hat auch schon wieder einen Groschen aufs Bier aufgeschlagen. Wo das nur hinführen soll. Es bleibt einem ja gar nichts mehr, rein gar nichts!

Jetzt steht er vor Matulla, die Hände vorgestreckt, die Handflächen nach oben gekehrt.

Also, sagt Matulla, wieviel.

Busch dreht sich und wendet sich. Das bißchen, nicht der Rede wert.

Also! sagt Matulla ganz fest.

Na, also. Na, ich weiß nicht. Vierfuffzich vielleicht. Höchstens. Allerhöchstens. Aber das ist schon so gut wie weg. Schon gar nicht mehr da. Wirklich, Gustav!

Jetzt ist Matulla baff. Manometer. Wie der das macht. Vierhundertfünfzig! Das möchte Matulla mal wissen. Mit einhundert, zweihundert hat er gerechnet, das schafft der Busch immer. Aber vierhundertfünfzig? Jetzt dranbleiben, nicht nachlassen.

Und die Kasse?

Wieso denn die Kasse. Die brauchen wir doch. Was will der mit der Spielkasse.

Matulla schlägt mit der flachen Hand auf sein Knie, und jammernd und zeternd trippelt Busch durch das Zimmer und zieht aus der Ecke hinter dem Schrank die Teebüchse hervor und schüttet das Geld auf den Tisch.

Schlappe sechsundsechzig Mark und ein paar Zerquetschte. Besser als nichts.

Und das andere?

Busch läßt die Schultern hängen, als verstünde er gar nichts mehr, rein gar nichts.

Gustav.

Buschs Stimme ist am Versagen, aber Matulla verzieht keine Miene, hat Busch fest im Blick.

Mach dir nich ein.

Gustav.

Kriegste zurück. Doppelt und dreifach.

Doppelt und dreifach? Der macht Quatsch. Wovon denn. Der doch nich. Was der hat, is hin, adschö. Und zieht den Brustbeutel hervor.

Rechts die Scheine, links das Kleingeld. Matullas Augen blitzen.

Und jetzt die Sachen.

Welche Sachen?

Die Sachen aus dem Schrank. Meine Sachen.

Wieso denn.

Zum Packen.

Was ist denn in den gefahren. Der ist durchgedreht. Oder er, Busch.

Busch steht am Schrank, legt, wie Matulla es anordnet, eins nach dem andern auf das Bett, die Strümpfe, Unterwäsche, drei gute Hemden und den Anzug, den schwarzen Anzug. Nur den.

Wieso denn, wieso!

Busch, ich hau ab.

Matulla ganz entschlossen.

Nee.

Doch.

Für einen Moment nimmt Busch den Matulla nur verschwommen wahr, eine graue, an den Rändern zerfließende Gestalt, die etwas Weißes in der Hand hält. Busch macht die Augen zu, holt tief Luft, öffnet sie wieder. Matulla mit dem Brief in der Hand.

Busch läuft die paar Schritte hinüber, aber als er am Tisch steht und den Brief nehmen will, zieht ihn Matulla wieder zurück.

Setz dich erst mal.

Busch setzt sich. Matulla liest. Ein Haus nämlich. Verstehst du. Kein Scherz. Hier stehts. Schwarz auf weiß. Matulla Gustav. Als Erbberechtigter. Wie wir ermittelt haben. Haubach und Senfft. Rechtsanwälte.

Busch bleibt vor Staunen der Mund offenstehen. Ein Haus? Und Matulla? Das muß er sehen, mit eigenen Augen. Er hält den Brief ganz dicht vor die Nase. Stimmt alles, obgleich er nicht alles versteht. Was heißt projektgebunden? Was heißt Komplexsanierung?

Na, was schon? Ist doch Nebensache. Lies doch, was da steht.

Busch liest. Da steht: Berlin sechsunddreißig. Da steht: Waldemarstraße. Da steht: Daß es Matulla seins ist.

Jetzt wird Busch alles klar. Doppelt und dreifach. Natürlich. Matulla und ein Haus, Teufel!

Matulla nickt. Da staunste, wat? Das hat er immer gewußt. Einmal hat jeder Mensch seine Stunde.

Gratulation, Hochachtung. Na, dann muß Busch auch pakken.

Wann fahrn wir, Gustav? Fahrn wir gleich?

Moment mal. So nicht. So war das nicht gemeint. Matulla ganz auf Distanz. Busch versteht nichts mehr. Matulla, die Hand an der Stirn, überlegt. Wie sag ichs meinem Kind? Also, er will das erst mal ganz allein machen. Außerdem würde es ja doppelt Geld kosten, nicht wahr. Busch könnte ja nachkommen. Bestimmt kann Busch nachkommen. Wenn alles geregelt ist.

Busch kann es immer noch nicht fassen – Matulla will allein. Aber kann er doch gar nicht. Mit seinem Bein. Wer soll ihn denn schieben. Wenn nicht er, Busch! Mit so einem kaputten Bein!

Da sagt Matulla: Ob Busch meine, er schaffe es nicht? Ob er wirklich glaube, er sei auf einen anderen Menschen angewiesen? Mein lieber Freund und Kupferstecher. Das geht nämlich ganz einfach. Der kennt Matulla nicht. Wo ein Wille ist, ist auch ein Weg. Und stemmt sich hoch aus seinem fahrbaren Stuhl, streckt sich ein bißchen, reckt sich ein bißchen, ächzt noch und stöhnt, dann steht er da: Da staunste, wa? Und packt alles zusammen und schnappt sich den Koffer und steht jetzt kerzengerade und elend lang vor dem schrumpfenden Busch. Es muß sein, mein Lieber. Na, nu weine man nicht, in der Röhre stehn Klöße, die siehste bloß nich.

Busch, mein Lieber, du hörst von mir.

Und hat keiner gesehen – als alles noch auf dem Tisch lag, das Geld, die Papiere, der Brief und der restliche Kleinkram, und noch bevor Matulla das alles zusammenräumt und rein in die Brieftasche –, hat da keiner die Hand gesehen, die einen länglichen, gefalteten Brief aus dem Blickfeld schob?

3

Das rummert und wummert in seiner Brust, er hat schwer zu schleppen an dem ledernen Koffer und der Umhängetasche, aber das macht nichts, das ist es ihm wert.

Den Busch ist er los, und seinen Auftritt hat er gehabt. Matulla mit Koffer und Umhängetasche durch die erstaunte Menge. Die ollen Knacker. Wie die gekuckt haben. Kein Busch, kein Stuhl mit Rädern. Matulla ganz aufrecht. Für Matulla ist Feierabend. Jawoll, meine Herrn. Ihr könnt mir mal. Und dieser Korte auch. Das war fällig. Seit fünf Jahren war das fällig. Seit er sich entschuldigen mußte, Matulla. Seit der Gemeindevertreter gekommen war und Herrn Kortes Schwager die Sachen packen mußte, aber Herr Korte nicht. Der hatte das richtige Parteibuch in der Tasche. Da half nichts. Der kam noch an und wollte eine Entschuldigung. Vor versammelter Mannschaft. Daß Matulla es nicht persönlich gemeint habe. Daß er zurücknehme, sonst. Kortes Fresse. Zum Reinschlagen. Wär Matulla dreißig Jahre jünger gewesen. Der macht doch seinen Schnitt. Mit uns alte Menschen. Und hinter ihm der von der Gemeinde. Herr Matulla, da bleibt wohl nichts anderes. Der Hausfrieden. Privatrechtliche Konsequenzen. Seien Sie vernünftig. Nicht persönlich gemeint. Vor versammelter Mannschaft. Also, Tschuldigung. Wie bitte? Kortes Hand hinterm linken Ohr. Ent-schul-digung. Na, also. Korte, der ablatscht mit dem von der Gemeinde. Und die anderen mit den Köppen überm Teller, nur

Busch nicht mit seinen großen Augen, ganz empört, aber stumm. Der kleine Busch. Aber abends! Wie sie sich hochgezogen haben an einem Wort, alle um Rogowski rum, Saufraß!, und gekichert dabei und sich angestoßen, und Rogowski hat sich reinweg gebadet in all der Anschmiererei, und Matulla war nichts, als obs ihnen peinlich war mit ihm, der doch angefangen hatte, ohne ihn wär doch nichts gelaufen, gar nichts, aber jetzt wars ihnen peinlich, weil sie alle die Köppe übern Teller gesteckt hatten, und keiner hat sich getraut vor dem Korte und dem von der Gemeinde. Der Korte war fällig. Nach fünf Jahren, endlich. Matulla mit ledernem Koffer und Umhängetasche. Er solle erklären. Er könne doch nicht einfach. Wenn das jeder machen wolle. Korte und Matulla vor versammelter Mannschaft. Vor einer halben Stunde. Matulla grinsend: Ach, leck mich doch! Und raus aus der Tür. Die hättest du sehen sollen. Was die für Augen gemacht haben. Mann Jottes, der Matulla haut aber auch auf den Putz!

Das rummert und wummert in seiner Brust, das Hemd klebt ihm am Körper, die Stirn ist naß, und er hechelt. Das ist der Preis. Alles hat seinen Preis. Mit dem Bus ist er eine halbe Stunde gefahren, in die Stadt rein. Auf dem Schild stand Hauptbahnhof, aber gehalten hat der Bus zwei Straßen weiter, und er mit dem ganzen Gepäck, hechelnd und schwitzend, muß jetzt schleppen. Den Busch ist er los. Den kleinen Busch. Armer Kerl. Und diese großen Augen. Wie seine Arnstädter Ilse. Immer so kucken. Immer mit Vorwurf. Das können die.

An einem Eckladen am Platz vor dem Bahnhof kann er nicht mehr, muß abstellen, Stirn abwischen und verpusten. Die Sonne scheint jetzt, der Himmel ganz blau, Wind nur ein bißchen. Alles hat seinen Preis, aber den zahlt er gern. Bei so einem Gefühl. Bei so einem Kopf. Richtig weit ist ihm im

Kopf, auch wenns in der Brust rummert und wummert. Das strahlt doch alles um ihn herum, dieses Leben, dieses Treiben, die Leute mit Koffern, die grünen Bäume, die Berge hinter der Stadt und die Autos in allen Farben und blitzblank, die blitzen richtig, und vor der Halle, auf der steinernen Umfassung, da sitzen die Penner oder lümmeln sich um den Kiosk, gedunsene rote Flappen, die Bierpulle in der Hand, schon am frühen Morgen, nee.

Weg, hier, den Koffer geschnappt, rein in die Halle, rein ins Gewimmel, ran an den Fahrplan. Der Busch schafft mehr. Der ist zäh. Der trägt so einen Koffer weg, ohne abzusetzen. Die Kleinen sind zäh. Die Dünnen auch. Die kleinen Dünnen. Die Ilse war dünn. Meingott, war die dünn.

Aber mit Busch wär nichts. Der stört nur. Der hängt an einem wie eine Klette. Immer um einen rum. Er kann doch nicht noch einen durchs Leben ziehen. Hat schon genug mit sich zu tun. Gewissermaßen ist auch eine Kluft zwischen ihnen. Rein besitzmäßig gedacht. War eigentlich schon immer eine Kluft zwischen ihnen. Auch wenn Busch ein Gelernter war, kaufmännisch, mit Anzug und Ärmelschoner. Lang ists her. Und so ein Ende. Das ist Anlage. Das hat ja so kommen müssen. Eigentlich sieht man gleich, wohin einer gehört, man sieht so was eben. Bei Busch hat ers gleich gesehen, damals. Daß irgendwas war. Daß er irgendwas zu verbergen hatte, der Busch. Na ja. Der könnte schon da sitzen zwischen die ollen Penner vor dem Bahnhof und an so einer Pulle nuckeln, morgens. Wart mal ein paar Jahre. Dann paßt der da hin.

Er steht und guckt, aber sieht gar nichts, sieht nur diesen Busch vor sich. Der tut ihm leid, jetzt tut er ihm leid. Hat ganz schön doof aus der Wäsche gekuckt. Aber so ist das Leben.

Also Augen auf. Mailand Rom Madrid. Wo ist er hier? Die Leute drängeln, er hebt den Koffer wie einen Schild vor den Bauch, hat dann gefunden, was er sucht, sieht zur Uhr, hat noch eine gute halbe Stunde, das reicht. Am Schalter stehen paar Leute, er stellt den Koffer neben sich, zieht ihn stückchenweis, wenn er nachrutschen kann, hinter sich her, steht vor dem Schalter. Einmal Berlin. Und zurück? Hin, nur hin. Eine mollige Blonde mit ganz dünnen Haaren. Vorne das Geld, hinten die Karte, schwupp, liegt vorne die Karte, hinten das Geld. Wie beim Roulette.

Matulla sieht auf die weiße pappige Karte, geht nicht weg. Die Blonde schon mit Unwillen im Blick. Matulla schüttelt den Kopf, legt die Karte in die silberne Mulde vor dem Schalterfenster, sagt: Erster! Jetzt staunt die Blonde, jetzt mustert sie ihn. Ja, Matulla will Erster. Das hätte er gleich sagen können. Sie hat ihn ja nicht gefragt. Also Erster. Alles hat seinen Preis. Dies hier kostet ihn zweiundsechzig Mark mehr. Er kramt in der Brieftasche. Einmal im Leben, und ab jetzt immer.

Hinauf die Treppe, zum Zeitungsstand, da greift er schon nicht mehr wie sonst nach dem dicken Stoß neben der Kasse, nach der Großbebilderten für eine halbe Mark, da zeigt er auf die feinere da, die auf der Konsole liegt, was Seriöses, mit Wirtschaftsteil und so altmodischen Buchstaben auf der ersten Seite, auch was zu rauchen, und Bahnsteig drei strebt er zielstrebig auf die Waggons zu mit den gelben Streifen unter dem Dach, erwischt gleich ein leeres Abteil, stemmt unter Mühen den Koffer in die Ablage über seinem Kopf, läßt sich fallen auf den Fensterplatz in Fahrtrichtung. Alles schön weich, in hellem Grün gehalten, da kann er sich zurücklehnen, die Beine ausstrecken bis unter den anderen Platz. Du sitzt, kiekst dir aus dem Fenster die Gegend an, jockelst so pö a pö durch das Land, und wenn du ankommst, gehst du in dein Haus rein. In dein Haus.

Draußen auf dem Gang schieben sich Leute an der Abteiltür vorbei, Matulla hat sie zugemacht und ein Gesicht aufgesetzt, das jeden, der durch das Fenster späht, erst mal weiterziehen läßt, aber dann wird sie aufgerissen, hier ist doch noch frei!, ein mausgrauer Nadelstreifenanzug mit Dokumententasche, dahinter ein Faltenrock. Bald muß Matulla die Beine einziehen, er schlägt seine Zeitung auf, die Ölpreis-Lehren, US-Barometer wieder positiv, IWA senkt seine Ausschüttung. Leute kommen, Leute gehen, Matulla guckt aus dem Fenster auf den grauen Anstrich eines anderen Zuges, guckt auf den Gang hinaus, die Tür steht noch offen, ein Geschiebe, ein Gedrängel, ein Gerufe, und auf einmal ist da so ein Gesicht. Das kennt er. Zur Genüge. Das gibts nicht. Aber das gibts doch. Ganz abgehetzt, mit großen Augen, steht er vor der Abteiltür, suchet, so werdet ihr finden, der Busch.

Gleich dreht Matulla den Kopf. Den sieht er gar nicht. Was will der hier. Der hat sie nicht alle.

Etwas bewegt sich, entweder der Zug nebenan oder Matullas Zug. Der kann doch nicht dableiben. Dann Helle, dann Geleise, ganz hinten das bergige Grün.

Gustav, sagt Buschs Stimme.

Der steht immer noch da. Der geht einfach nicht weg.

Das brauchst du doch sicher, sagt Buschs Stimme.

Matulla spürt die Blicke der Leute in seinem Abteil förmlich auf der Haut. Das ist doch peinlich. Der bringt einen doch in die peinlichste Lage.

Matulla schiebt sich, ohne Busch zu beachten, vorbei an den Leuten, den Gang hinunter, bis ans Ende des Waggons.

Busch hinterher. Der nimmt übel. Der will ihn nicht sehn. Der kuckt einfach nicht.

Also. Was Busch sich dabei gedacht hat! Matulla mit scharfer, verweisender Stimme. Zwischen ihnen sei doch wohl alles klar! Jetzt keinen Zentimeter Entgegenkommen. Jetzt hart bleiben.

Aber du brauchst ihn doch sicher, sagt Busch.

Was brauch ich!

Den Brief.

Den Brief?

Matulla greift in die Tasche. Geburtsurkunde, Rentenbescheid, Personalausweis. Wo ist der Brief? Der Brief ist in Buschs Hand.

Mußte vergessen haben, sagt Busch ganz vorsichtig.

Matulla brummt nur.

Aber eins ist doch klar. Busch kehrt gleich um.

Na klar, Gustav, sagt Busch. Nächste Station.

Buschs Gesicht – die reine Unschuld. Da kann Matulla, beruhigt, die Zigarrenschachtel herausholen, die er am Bahnhof gekauft hat, und sie dem Busch hinhalten, sozusagen als Dankeschön.

Busch staunt nur so. Piekfeine Sorte. Mann, Gustav!

Sie stehen im Gang und paffen. Der Zug fährt jetzt schneller, die Masten fliegen nur so am Fenster vorbei, Matulla spürt kaum etwas unter seinen Füßen, außer einem feinen rhythmischen Klopfen, nicht so wie früher das Geholper und Gepolter. Busch plappert schon eine Weile, Matulla hat nur mit halbem Ohr zugehört. Wat is?

Na, Berlin. Eine schöne Stadt früher mal. Reichshauptstadt, sagt Busch und zieht das Wort über die ganze Länge.

Matulla klopft vorsichtig gegen seine Zigarre. Die Asche hält noch. Die soll man dranlassen bei einer guten Zigarre, nur mal vorsichtig klopfen.

Zwölf Jahre hat er da gelebt, sagt Busch, mit seiner Lene. In der Winsstraße haben sie gewohnt, zweiter Stock mit Balkon, Nummer drei. Und an der Ecke war der Platz mit der Pißbude und das Denkmal vom ollen Senefelder, und ob Matulla den kennt.

Matulla pafft und sagt nichts.

Steindruck, sagt Busch, der hat den Steindruck erfunden.

Busch sagt, das liegt ja jetzt alles im Osten, und es ist ja auch viel kaputtgegangen. War ja alles runter fünfundvierzig, die halbe Weißenburger und die Ecke an der Schönhauser, aber gebaut haben sie auch viel nach dem Krieg, da wird sich einiges verändert haben. Matulla soll mal nicht enttäuscht sein.

Der mit seiner Lene. Der mit seinem Berlin. Der olle Miesepeter. Als ob Matulla nicht wüßte! Das kennt er doch alles. Wie ihm die Kugeln um die Ohren gepfiffen sind, achtzehn, neunzehn, da unten, an der Kochstraße, sogar Barrikaden hatten die da, so aus Zeitungsrollen, na, so aus Zeitungspapier! Und die Olympiade, Mensch, da hat der Busch sonstwo gesessen, und Matulla war dabei, wie wir eine Medaille nach der anderen geholt haben, und der Rest der Welt hat doof aus der Wäsche gekuckt. Olympiastadion, warste schon mal?

Da ist Busch ganz ruhig. Da war er schon ganz woanders.

Und dann verschwindet Matulla hinter der schmalen Tür zum Klosett, und wie er wieder rauskommt, steht neben dem Busch so ein junger aufgeschossener Mensch in Uniform, und Busch ganz klein. Redet mit Händen und Füßen, und der Schaffner sieht nur auf ihn runter.

Busch wollte doch nur was nachbringen. Hats einfach verschwitzt. Da fuhr der Zug schon. Wat soll er da machen. Er fährt doch zurück. Nächste Station.

Da soll er nachzahlen.

Aber Busch hat kein Geld.

Matulla, der sich im Hintergrund hält, schüttelt den Kopf. Geld hat er auch keins. Dafür nicht. Wie soll er sonst nach Berlin kommen. Das muß Busch verstehen. Er braucht doch sein Kapital jetzt.

Busch läßt die Schultern hängen. Er kanns ja nachzahlen. Wenn er zu Hause ist. Vom nächsten Geld. Da zahlt er nach.

Dann also den Ausweis.

Busch kramt und kramt und zieht den Ausweis aus der Hosentasche. Der Schaffner guckt auf das Bild, guckt auf Busch, guckt auf das Bild.

Na, bißchen jünger war er da schon, sagt Busch.

Der Schaffner guckt immer noch.

Jetzt wird Matulla munter. Der junge Mensch soll sich mal nicht so wichtig nehmen. Er, Matulla, kann für den Mann hier bürgen. Jawohl. Das geht alles in Ordnung. Dafür übernimmt er die volle Garantie.

Wer hier für wen die Garantie übernimmt, das ist nicht seine Sache. Das will er mal feststellen. Der Schaffner ganz eisig.

Matulla zieht die Mundwinkel herunter. Der junge Mensch weiß wohl nicht, wen er vor sich hat. Kennt wohl keinen Respekt vorm Alter.

Das will er mal dahingestellt sein lassen, aber was er kennt, sind Tricks. Tricks kennt er zur Genüge.

Matulla empört. Also so nicht. So eine Unterstellung!

Das wird man ja sehn. Nächste Station. Auf der Wache.

Und zieht ab mit Buschs Ausweis und würdigt Matulla keines Blicks mehr.

Na, der wird sich umkucken. Dem wirds Matulla schon zeigen. Kanns kaum erwarten, daß der Zug wieder hält. Busch muß raus, der Schaffner dicht neben ihm, Matulla hinterher. Redet auch gleich auf den Grünen hinter der Balustrade ein, was das für ein Skandal sei, wie man die Leute behandle, den armen Busch, und dann noch Unterstellung!

Na, nun mal ruhig Blut, das läßt sich doch klären, Matulla soll mal ruhig sein.

Der Beamte ist ganz entgegenkommend, prüft Buschs Ausweis, Matulla legt seinen dazu.

Natürlich, kein Problem, das geht doch in Ordnung, und wenn Matulla sogar noch seinen dazugibt – überhaupt kein Problem.

Matulla strafft sich. Na, bitte! Was hat er dem Schaffner gesagt? Aber wo ist der Schaffner? Der ist gar nicht mehr da. Der ist weg, und wie Matulla hinausläuft, sieht er den Zug aus dem Bahnhof rollen, und auf dem Bahnsteig, zwei Meter entfernt, steht sein Gepäck, verdammt.

Na, macht nichts, macht gar nichts. Matulla ist im Recht. Das Ziel ist erreicht, Busch kann zurück, und er fährt mit dem nächsten Zug weiter. Wieviel Zeit ist noch? Zwei Stunden für Matulla, anderthalb Stunden für Busch. Zeit genug für einen Abschiedstrunk. Das ham wir uns verdient nach all der Aufregung. So ein Schaffner, so ein Holzkopp.

Und rein in die nächste Kneipe, zwei Bier, zwei Kurze. Am Tisch in der Ecke sitzen paar Kartenspieler. An einem andern paar Arbeiter. Alles ganz friedlich, es ist Vormittag. Neben dem Tresen ein Flipper, an der Wand, über Matullas Kopf, ein einarmiger Bandit. Diese einarmigen Banditen mag Matulla eigentlich nicht, schon gar nicht die neumodischen mit diesem ganzen Geflimmer und den vielen Tasten, aber nun ist es eh egal, da kann er mal zwei Mark hineinstecken, oder besser noch, Busch macht das, der Busch hat das gern, also hält er ihm die zwei Mark hin und sagt: Steck mal rein!, und dann sitzen sie und reden noch ein bißchen, es ist das letzte Mal, daß sie sich sehen in der nächsten Zeit, ein richtiger Abschied, Busch muß zurück, natürlich, das tut ihm jetzt wieder leid, ist ja ganz in Ordnung, der Busch, aber was nicht geht, geht nicht, und dann macht es ging-gong, und dann rattert etwas, und Busch bekommt ganz gespannte Augen und reibt sich die Hände, das sind fünf Sonderspiele, und die bunten Scheiben über Matullas Kopf sausen um sich selbst und bleiben stehen, und wieder hört Matulla dieses sanfte Ging-Gong, und der Geldanzeiger rattert, jetzt sind es schon acht Mark, und jetzt zwölf sechzig, und noch einmal, siebzehn zehn, die Sonderspiele sind vorbei, Busch klatscht in die Hände, drückt auf den Knopf für die Geldrückgabe, und das knallt in den Becher, drei Fünfer und den Rest in klein. Mensch, Gustav, heut hast du Massel.

Alles deins, Busch, sagt Matulla. Du hast gespielt.

Nich doch.

Aber ja doch.

Aber war doch dein Geld.

Nu aber Schluß.

Also gut. Denn zahl ich die Runde.

Denn mal Prost.

Das läuft dem kleinen Busch hinunter wie Öl, er sitzt und guckt ganz glücklich, er hat gewonnen, Matulla ist ihm wieder gut, er schaut in die Runde, sagt: Ansehn kostet ja nischt!, steht schon neben den Spielern, Poker oder Siebzehn und vier oder Klammerjas, wackelt mit dem Kopf, mal zustimmend, mal skeptisch, Kiebitz halt dein Goschen, sonst wirst verdroschen, Busch lacht, ein dürrer Jungscher mit großen Tränensäcken macht eine einladende Kopfbewegung, na wie isses, Alter, Busch wehrt erst ab, guckt zu Matulla, auch Matulla tritt an den Tisch, Busch weiß nicht recht, will ja schon, heut ham wir Massel, sitzt dann im Kreis, kauft Karten, setzt, erhöht, verliert dreifünfzig. Matulla schüttelt ärgerlich den Kopf, Mann Gottes, wie kann der nur son Kraut zusammenspielen, das geht ja auf keine Kuhhaut, laß mir mal ran, und sitzt gleich daneben. Matulla war schließlich der Zocker vom Dienst im Heim an der Neuen Brücke. Wenn die Kasse knapp war, ging Matulla in den Fernsehraum oder zum Bahnhof oder in den Stadtpark, und er kam immer mit ein paar Mark mehr zurück, als er vorher in der Tasche hatte.

Matulla zieht keiner so leicht das Fell über die Ohren, schon gar nicht dieses jungsche Gemüse.

Zuerst ganz klein anfangen, kommen lassen, macht nichts, wenn man paar Groschen, paar Mark verliert. Gegner studieren. Auf harmlos machen. Bißchen doof spielen. Die anderen sicher machen. Ehrgeiz wecken. Rauslocken. Matulla sitzt ganz lässig und blinzelt so aus den Augenwinkeln. Der Dürre mit den Tränensäcken, ein Kurzer mit rotem Gesicht, und einer mit Menjou und langen Koteletten. Der kuckt so blasiert. Na, nicht mehr lange. Matulla setzt, Matulla kauft, Matulla setzt wieder, wird überboten, einer will Matullas Blatt sehen. Matulla wirft die Karten auf den Tisch. Pech gehabt. Das fängt gut an. Die anderen sind zufrieden. Matulla ist es auch. Sein nächstes Blatt ist dünn, auch was er zukauft, kann sich nicht sehen lassen, noch einmal dasselbe Spiel, bis die anderen sicher sind, daß sie einen alten Trottel vor sich haben, und dann kommen zwei Pärchen, und als er eine Karte kauft, hat er sogar einen Dreier und einen Zweier, aber unterer Wert, Matullas Gesicht verändert sich nicht, immer harmlos bleiben, und man bietet, und Matulla bietet mit, jetzt sind sie bei einem Fünfer angelangt, Matulla spielt den Amateur, und wenn er jetzt noch zehn Mark zugibt, werden die anderen seine Unsicherheit schon sehen, und tatsächlich, das geht weiter, und Matulla geht mit, und dann passen die, und Matulla hat wieder alles rein und zwölf fünfzig dazu. Neue Runde, neues Glück. Matulla liegt gut drin, besser sogar; wie vorhin geht es vorsichtig los, und immer bißchen mehr, dann ist der Topp schon ganz ansehnlich, wird immer größer, erst steigt einer aus, dann der zweite, Busch ist schon lange nicht mehr dabei, nur der mit dem Menjou und Matulla. Und jetzt gibt Matulla einen drauf, bei so einem Blatt, der andere guckt immer noch blasiert und geht mit und erhöht. Matulla hat wieder Full House, aber diesmal ganz hoch. Gerade der mit dem Menjou ist vorhin mitgegangen und hatte rein gar nix. Jetzt soll er mal Augen machen. Matulla zieht einen Zwanziger aus der Tasche. Der mit dem Menjou guckt ihn ganz ironisch an und sagt: Na, Opa, gehst du nicht ein bißchen zu hoch ran.

Denk an deine Rente. Matulla ignoriert. Im Gegenteil. Er zieht die Zigarrenschachtel aus der Tasche. Ob die Herren eine wollen? Anerkennung bei den Herren. Nur der Blasierte wehrt ab und verdoppelt. Was soll das. Der blufft. Son jungsches Gemüse. Son Blatt hatte Matulla schon lange nicht mehr. Und gibt einen drauf. Busch erstarrt. Die anderen paffen und sind ganz weg. Meingott, son Topp. Der Blasierte sagt nichts, glotzt nur auf sein Blatt, schnauft ganz leise. Den hat er. Jetzt kuckt der dumm aus der Wäsche. Na ja. Der Blasierte zieht die Oberlippe zwischen die Zähne, starrt auf sein Blatt und erhöht. Na, der hat Nerven. Matulla faßt in die Tasche. Das geht ja gar nicht. Soviel hat er gar nicht mehr. Selbst die paar Mark von Busch – das reicht gar nicht. Der mit dem Menjou blufft doch. Das wär doch schlimm, wenn Matulla jetzt aufgeben müßte. Also, ob der Herr verstünde; nicht, daß Matulla kein Geld habe, er sei nur nicht liquid im Moment. Ob er auch Werte ... Der Blasierte wiegt den Kopf. Was Matulla denn habe. Na, zum Beispiel die Uhr. Der Blasierte zieht verächtlich die Augenbrauen hoch. Oder die Brieftasche: vorzügliches Leder, kriegt man heute gar nicht mehr. Der Blasierte lacht nur. Der will ihn kaputtmachen. So nicht. Der soll Matulla kennenlernen. Also die Fahrkarte, das ist wie Bargeld. Bis nach Berlin. Der Blasierte fragt, ob Matulla etwa die ganze Summe ...? Matulla zögert nicht einen Augenblick: Klar, sagt er, was denn sonst. – Jetzt muß der passen. Das hat er nicht mehr in seiner schmuddeligen Jacke, aus der er jetzt einen Zehner zieht und noch einen, und die anderen grapschen in die Taschen, noch ein Zehner, ein dritter schüttelt den Kopf, der Blasierte ruft nach dem Wirt, ein kleines Geplänkel, und plötzlich liegt das Geld da, der Blasierte will sehen. Hosen runter. Matulla sieht nur noch den Topp, legt die Karten hin, ein Oi und ein Ooh geht durch die Runde, Busch kriegt vor Aufregung einen Schluckauf, Matulla sieht den

Blasierten grinsen, sieht dessen Hand über den Tisch langen, und dann erst das Blatt. Das ist unglaublich, das kann nicht wahr sein.

Wie sie aus dieser Kneipe herauskommen, weiß Matulla nicht. Findet sich wieder auf einer Parkbank. Busch hat die Hand auf Matullas Schulter. Busch ganz der alte, ganz obenauf. Der braucht doch nicht den Kopf hängen zu lassen, der Gustav. Wozu hat er denn ihn, den Busch. Busch wird schon machen. Busch weiß einen Ausweg. Matulla noch immer wie Stein. Das ging doch nicht mit rechten Dingen zu. Das waren doch Gangster. Das müssen Gangster gewesen sein.

Klar, Gustav. Anders gehts gar nicht. Doch nicht bei dir!

Matulla atmet tief ein. Und das ihm. Und gerade jetzt. Alles weg, alles hin. Ach, du lieber Augustin. Ick Doofkopp. Nu is Essich.

Nich doch, Gustav, das kriegste doch hin. Gerade du. Da sind schon ganz andere Sachen passiert.

Nee, da hilft nischt. Gegen Dummheit hilft nischt, gegen die eigene Dummheit.

Gustav, sagt Busch. Ich hab eine Idee.

Matulla hebt kaum den Kopf.

Doch, sagt Busch. Komm mal mit.

Das muß er dem Busch lassen. Ideen hat der. Wenn der nicht gewesen wär, säß er heute noch in diesem Nest. Der Busch hat ihn in den Trödelladen gezogen, der Busch hat ihn an die Tankstelle geschleppt. Also der Trödler. Geld war ja weg, brauchten sie welches. Legt Matulla seinen Anzug auf den Tisch, den schwarzen, und die Hemden dazu, alles reine Baumwolle, erstklassige Ware. Aber der Trödler wackelt immer nur mit dem Kopp. Also die guten Schuhe raus, Lackleder! Fehlanzeige. Und die Wäsche? Auch Essich. Überangebot. Das will keiner mehr. Matulla wollte schon auf Buschs Uhr anspielen. Hat sichs aber im letzten Moment überlegt. Das hätte der nie gemacht. Konnte Matulla verstehen. Das einzige Andenken. Von Busch seiner Lene. Na, gehn wir zum nächsten, hat Busch dann gesagt. Sie haben alles wieder eingepackt und wollten raus, da sagt der Trödelheini: Und der Koffer? Der wollte den Koffer, das olle Ding. War schon ganz schwarz und speckig, wenn auch aus Leder. Da ist Matulla erst mal auf Distanz gegangen. Nicht, daß ihm viel dran gelegen hätte, aber wo sollte er mit den Sachen hin. Holt doch der Mann lauter Tüten. Aber Matulla sagt, er läuft doch nicht mit Tüten rum. Sagt Busch, das macht er schon. Aber was in so einen Koffer alles reingeht! Jeder zwei Tüten und damit zur Tankstelle, Ortsausgang. Das heißt, er, Matulla, hat sich abseits gehalten, Busch mit den Tüten am Straßenrand, den Daumen in Fahrtrichtung. Matulla hat so getan, als gehöre er nicht dazu. War ihm einfach peinlich. Er ist doch nicht mehr irgendwer, und dann muß er da rumstehn und ist auf die Gnade anderer angewiesen. Mann, du mußt dir mal vorstellen, du fährst da so lang, und da steht son oller Zausel mit lauter Plastiktüten und will mit. Zuerst sind sie alle langsam gefahren und ham den Busch angestaunt, und dann aber Gas und weg. Matulla hätte auch nicht gehalten, nee. Aber dann hat doch einer gehalten, und was für einer. Die reine Zitterpartie, mit dreißig zur nächsten Autobahn, ein Trecker. Und da wieder alles von vorne. Was sind sie rumgekurvt! Aber schöne Autos dabei, das muß er sagen. Hinten ganz bequem, ganz weich, kannste die Beine ausstrecken wie zu Hause im Sessel, Busch war gar nicht mehr zu sehen vor lauter Polster, und vorne der Fahrer, ein ruhiger Mann, hat in Köln gearbeitet bei Ford am Band, Busch hat gefragt, am Band, und dann son Auto? Der hats für die Familie gekauft, hat er gesagt, drei Kinder plus Frau, manchmal noch die Schwiegermama, und jetzt ist ihm die Frau weg, einfach weg mitsamt den Gören, Scheißemanzipation, hat der Mann in seiner ruhigen Art gesagt, die Weiber spieln alle verrückt, und er hat nun den großen Wagen und ist zum ersten Mal allein in den Urlaub gefahren, Vorsaison, ist auch mal ganz schön, vorher war er ja immer auf die Schulferien angewiesen, aber das Auto verkaufen tut er nicht, das fährt er diesmal, bis es runter ist, wär sonst ein viel zu großer Wertverlust, und außerdem hat er noch ein bißchen Erinnerung.

Und Gegenden haben sie gesehen, schöne Gegenden! Es ist ja auch schön im Mai. So viel Grün, alle Sorten Grün, und Berge und Täler, wie früher, als Matulla vom Ka-de-eff aus im Riesengebirge war, genauso, jedenfalls auf den ersten Blick, die Häuser schön weiß und auch mal ein kleiner Fluß, nur wenn du näher rangekommen bist, das war dann irgendwie eine Enttäuschung, weil, wie soll er sagen, die Häuser warn ja schön, und es ist ja auch viel gebaut worden und viel Geschäfte, so große flache Hallen, vielleicht warn es einfach zu viele, du konntest ja kaum noch treten, ja, es waren zu viele. Und dann war es plötzlich dunkel, und dann erzählte der Mann von seinem Häuschen in Köln, so ein Siedlungshäuschen für eine Familie, und daß er sich richtig fremd vorkommt, wo keiner als er drin wohnt, und er hat fast schon Angst, nach Hause zu kommen, und da hat Busch wohl gestutzt und gefragt, wieso er denn heut schon in Köln sein kann, das ist doch eine ganz andere Richtung. Na, sie sind doch auf der Strecke. Busch sagt, nach Berlin. Nee, nach Köln, sie haben doch nichts von Berlin gesagt. Doch, doch! sagt Busch, aber da wars schon zu spät, und sie sind die nächste Abfahrt raus und haben da gestanden, eine Stunde, zwei Stunden, abends die Kälte, sie haben vielleicht gebibbert, wußten nicht einmal richtig, wo sie waren, stockdunkel um sie herum, bis einer gehalten hat, doch der fuhr nur ein Stückchen weiter, hat aber gesagt, er weiß einen Bauern, was blieb ihnen übrig, abends um zehn, also rein. Und es hat auch geklappt. Aber von wegen Bauer. So viel Maschinen hat Matulla noch nicht gesehen auf einem Bauernhof. Und innen alles hochmodern, der neueste Stand. Und nicht etwa Scheune, im Zimmer haben sie geschlafen. Und morgens die Küche. Sie haben gefrühstückt mit allen, freundliche Leute und noch ziemlich jung, aber als sie schon gehen wollten nach dem ganzen Dankeschön, kam das dicke Ende, hat der Bauer gemeint, da wär noch was, hat sie hinters Haus geführt, da lagen so Holzkloben auf einem Haufen und eine Axt, und los gings, Busch hat gehackt und Matulla gestapelt, hinter der Scheune die Wand war schon beinahe vollgepackt, dabei hatte der Mann Ölheizung, aber der hat gesagt, er macht das nicht nur aus erzieherischen Gründen, er hält was auf Tradition. Ja, Busch hat am Hauklotz gestanden, und Matulla hat auf der unteren Strebe einer Leiter gesessen und gewartet, bis genügend Kleinholz beisammen war, damit er es an der Wand stapeln konnte. Ein Kind ist gekommen und hat sich neben sie gestellt und zugesehn. Willst du dir einen Groschen verdienen, dann trag das mal weg, hat Matulla gesagt. Das Kind hat die paar Scheite von der Erde gesammelt und ist ganz schnell zurück und steht da.

Brennholz für Kartoffelschalen, kennste das? fragt Matulla das Kind. Da ist früher jeden zweiten Tag der Pferdewagen gekommen, der Kutscher hat mit seiner Glocke gebimmelt, daß du es durch die ganze Straße gehört hast, und dann sind die Leute mit Schüsseln und Töppen gekommen und haben ihre Schalen abgegeben und ein Bündel Holz für gekriegt, und die Schalen hat das Vieh gekriegt. Früher war ja an jeder zweiten Ecke ein Kuhstall in der Stadt, wa Busch?

Busch nickt und schlägt auf die Holzkloben ein, das Kind zieht die Schulter hoch und beäugt diesen komischen Mann.

Wie alt biste denn, fragt Matulla das Kind.

Sechs.

Na, mit sechs hat Matulla schon voll im Betrieb gestanden, da hat er schon zum Melken gemußt, und morgens das erste war Eier aus dem Hühnerstall holen und füttern, erst das Vieh, dann der Mensch, sagt Matulla, und sagt: Kennste das? und fängt leise an zu singen und wird immer lauter und singt: Im Märzen der Bauer sein Rößlein anspannt, und da prustet das Kind heraus und hüpft vor Vergnügen. Da hört Matulla auf zu singen und sagt zu dem Kind: Hau ab!, und nach einer langen Pause sagt er zu Busch: Die Wiczoreks übrigens.

Busch legt das Beil zur Seite, wischt sich den Schweiß von der Stirn und verpustet. Gestern, als sie noch im Zimmer Zwonullvier gesessen haben und Busch nur so staunte über Matullas großen Fang, hat er ihn, Matullas Brief in der Hand, gefragt, wer denn das sei, dieser Herr oder diese Frau Lange, haste nie was von erzählt, Gustav, erzähl doch mal. Und Matulla hat ein Gesicht gemacht, als müßte er nachdenken, woher kennt er den Namen, der in dem Brief steht, Erbschaftsangelegenheit Lange, aber dann hat es bei ihm gedämmert, Lange . . . Lange . . . na klar, die Wiczoreks! Busch hat gleich die Ohren gespitzt, aber Matulla hat abgewinkt, eine komplizierte Geschichte, und jetzt, als das Kind ganz verblüfft und mit eingezogenem Kopf hinter der Scheune verschwunden ist, sagt Matulla: Die Wiczoreks übrigens!

Also die Matullas, da gab es zwei Linien. Von Matullas Großvater die zweite Frau, die hatte eine Schwester, und die hat einen Wiczorek geheiratet. Der reichste Mann im Dorf, Kretschmar, wenn Busch weiß, was das ist. Busch weiß nicht. Also ein Kretscham ist . . . na, ein Dorfkrug, eine Kneipe. Jetzt weiß Busch. Also der Wiczorek hatte das größte Haus im Dorf, und später, in Stolp, auch. Aber dann haben die Wiczoreks weggemacht, nach Berlin, viel früher als Matulla und seine Mutter, sein Vater lag ja vor Verdun, und Matullas Familie hat lange nichts von ihnen gehört, aber als sie dann auch nach Berlin machten, da sind sie natürlich zuerst mal zu der Schwester von Matullas Großvater seiner zweiten Frau gegangen, aber was meinst du, Busch, was war? Nichts war. Als ob die einen nie gekannt hätten. Piekfeine Leute inzwischen, in der Wohnung sone Teppiche, zweidaumendick, mit Dienstmädchen und alles. Die haben einen aufm Korridor abgefertigt. Die eigne Familie. Jedenfalls der alte Wiczorek. Die Marie nicht, Mariechen Wiczorek. Ein Herz hatte die Frau. Tante Mariechen. Aber die durfte nur heimlich kommen. Zu Weihnachten und Ostern ist sie gekommen, aber nur heimlich. Und immer Pakete, oder mal was rumschicken lassen. Nee, auf Tante Mariechen läßt Matulla nichts kommen. Nur der alte Wiczorek, das war ein Aas. In der Leipziger hat der in Gewürzen gemacht. In der besten Gegend ein Gewürzladen mit Delikatessen. Aber Kinder haben sie nur eines gekriegt, ein Mädchen, die Traude. Und der alte Wiczorek, der olle Geizkragen, hat immer einen Jungen gewollt, wegen dem Geschäft. Aber Pustekuchen. Ja, und dann hat er die Traude verheiratet, mit einem Waisenjungen, und der hieß wohl Lange. Ja, aus reinem Geiz, sagt Matulla, damit nicht noch ne Familie dranhängt. Ja, und dann war der Krieg, und hinterher hat man sich aus den Augen verloren. Matulla weiß nur, daß der alte Wiczorek es nicht überlebt hat, daß sein Pfefferladen ausgebombt worden ist, und das Mariechen war evakuiert, und da soll sie, auf einem Flüchtlingstreck, an Typhus gestorben sein. Schon steinalt. Und was aus den andern geworden ist, weiß Matulla nicht. Nichts von der Traude und ihrem Waisenknaben. Aber das schadet dem gar nichts, dem alten Zausel, erst so piekfein, als ob er was Besseres wäre, und ganz von oben herab, und jetzt kriegt er das Erbe, Matulla. Siehste, Busch, es gibt doch noch eine Gerechtigkeit.

Busch strahlt und nickt und haut das Beil in einen Kloben, das Holz splittert, Matulla sammelt einen Arm voll von der Erde, stapelt das Kleinholz, und gegen Mittag ziehen sie los, finden lange kein Auto, dann hält ein grellbunt bemalter Bulli mit lauter jungen Leuten darin, Matulla und Busch quetschen sich hinten in die Ecke, das ist ein Gegacker und Gekicher, und aussehen tun die, richtige Zottelköppe, und grüne Haare hat einer, grüne und rote, und rauchen tun die ein Zeug, daß Matulla ganz schwummrig im Kopf wird und Busch auch, so ein strenger würziger Geruch ist das, und nach einer Weile kann Matulla die Augen nicht mehr aufhalten vor Müdigkeit und segelt davon, mitten durch wattige rosane Wolken, landet auf einer Straße mit blühenden Vorgärten und mächtigen Kastanien, steht mit verschränkten Armen und guckt sich das bunte Treiben an, so viele Menschen, so viele Gesichter, die strahlen alle, und Matulla strahlt auch und streckt einladend die Hand aus, bitte schön, kommse doch rein, können sich alles ankucken, können sich sein Haus ankucken, ein schönes Haus, das mit einem milden warmen Gelb gestrichen ist, mit schön geschwungenen Bögen über den Fenstern, und darunter gipsene Festons, traubenartig, und die Klinke ganz blank geputzt und schön ziseliert und am Ende mit einem richtigen Dragonerkopf, und Busch steht da, der arme Busch, den hat er ganz vergessen, den armen Kerl, der steht da und traut sich nicht rein, und Matulla möchte fast heulen vor Mitleid, der arme Busch, der hat ja auch nichts, der kann das ja gar nicht bezahlen, und als der Busch schon wieder abziehen will mit seinem traurigen Gesicht, da hat Matulla den rettenden Einfall, und er ruft ihn und sagt: Weißte was, Busch, du kannst bei mir den Portier machen!, und da ist mit einem Mal Ruhe, das Auto steht, Matulla reibt sich die Augen, und die Sache ist die, daß die jungen Leute noch abbiegen wollen, das haben sie sich eben überlegt, wollen noch einen besuchen und erst morgen weiterfahren, und ein Mädchen mit ganz schwarzen Haaren und so einem Stirnband lädt sie noch ein, sie könnten doch mitkommen, da ist Platz genug, das ist ein Bauernhof, umgebaut, aber Matulla hört Bauernhof und hebt gleich die Hände, nee, nee, sie wolln lieber weiter.

Und stehen da mit flauem Magen Nähe Hannover, suchen sich erst einmal einen Gasthof, Happen essen, Busch möchte am liebsten sich irgendwo ausstrecken, doch Matulla drängt, so nah schon am Ziel, da kann er nicht warten. Sind spät wieder an der Straße, stehen und winken und bibbern wieder vor Kälte, keiner hält, es ist zum Verzweifeln, finden nach einer Ewigkeit einen Laster, mit dem können sie mitfahren durch den Transit, Magdeburg, Brandenburg, Michendorf, und am nächsten Morgen, nach zwei Tagen und zwei Nächten, kommen sie, über Dreilinden, an ihr Ziel, in den westlichen Teil der ehemaligen Reichshauptstadt Berlin. Mensch, wie Matulla sich freut, und Busch hat ganz große Augen.

4

Sie kommen vom Westen her, über die große Straße, die sich weit und breit bis hin zum Alex erstreckt und auf der schon Moltke geritten ist und der olle Kaiser, vom Rest mal zu schweigen, und von wo man, wenn man ein bißchen erhöht steht, bei sehr gutem Wetter hinter der Siegessäule das Brandenburger Tor sehen kann, das Rote Rathaus und den Fernsehturm.

Irgendwo zwischen Knie und Zoo werden sie abgesetzt, ein wenig zerknautscht, ein wenig abgerissen, aber hellwach, obgleich sie die letzte Nacht so gut wie gar nicht geschlafen haben. Da stehen sie, in jeder Hand eine vollgestopfte Plastiktüte, winken noch einmal dem Fahrer hinterher, der sie durch den Transit gebracht hat, und dann hinein ins Vergnügen.

So ein Leben, so ein Gewimmel, so ein Gewühl. Und was sich verändert hat in den paar Jährchen, Menschenskind. Ja, verändert hat sich viel, aber: Proper, proper! Matulla hat alle Achtung vor den großen Häusern, den großen Geschäften, auch Busch ist beeindruckt, obgleich er ein wenig verschüchtert wirkt, warte mal, Gustav, da drüben, war da früher nicht Aschinger. Matulla summt eine Melodie und hat im Kopf noch den Kehrreim, den er als Kind gesungen hat, Aschinger komm mal runter, da unten auf der Straß, da sitzt ein kleiner Junge, der krabbelt sich am Aschinger komm mal runter ... Busch lacht und steuert auf eine Wurstbude zu, Matulla hält ihn am Arm fest, zuerst muß das gute Stück besichtigt werden, zuerst, und vor allem andern, will Matulla sein Haus sehen.

Kein Frühstück nicht, keine Zeitung, dem Busch hängt sein Magen schon in den Kniekehlen, aber was solls. Stadtplan her, rein in die U-Bahn, und los. Oder mit dem Bus; da fährt doch ein Bus, oben, erste Reihe, da kann man mehr sehen. Ja, Bus, erste Reihe, oben.

Und rein in den Neunundzwanziger, das Stückchen Kudamm runter, vorbei an der Gedächtniskirche, an den großen Kinos mit den brüllenden Plakaten, die Tauentzien lang und am Kadewe, dann links herum und dann rechts herum und weiter am Kanal entlang und an den Resten des Anhalter Bahnhofs. Sie kreuzen die Friedrichstraße und den Moritzplatz; nach dem Springerhochhaus guckt Busch sich noch um. Am Oranienplatz müssen sie raus, und jetzt weiter, nach Stadtplan, zu Fuß. In Matullas Augen ein seltsamer Glanz, seine Ohren rot wie im Fieber. Einmal muß Busch ihn zurückreißen, sonst wäre er unter ein Auto gekommen.

Matulla guckt nach den Straßenschildern. Busch guckt nach Matulla. Riskiert aber auch ein paar Seitenblicke, denn so etwas hat er noch nicht gesehen. Schon während der Fahrt ist ihm aufgefallen, daß die Straßen schmaler, die Häuser älter wurden und verlotterter. Knapp zwanzig Minuten unterwegs, und du bist in einer anderen Stadt. Was sag ich, in einer anderen Welt! – Diese komischen Kerle überall mit diesen Frisuren, die er bisher für eine Erfindung der Illustrierten gehalten hat, Mensch, die gibts wirklich!, und die Frauen mit diesen straffen Kopftüchern, und die Männer mit diesen dichten schwarzen Bärten, und dann die Läden! Die Auslagen quellen förmlich auf die Bürgersteige, und Früchte, die er nie gesehen, und Namen, die er nie gehört hat. Paar Jugoslawen, paar Türken kennt er ja auch aus Fellbach, aber so viele? Gustav, kuck doch mal! Aber Gustav hat keine Zeit zum Flanieren, er sucht die Waldemarstraße, die muß doch hier sein, gleich links oder rechts, ja, hier isse ja, und jetzt die Nummer, die Hundertzweiundfuffzich!

Da! ruft Busch und reißt die Arme hoch. Matulla, ganz verächtlich, sagt: Quatsch!, läuft weiter, die Augen auf die Emailleschilder über den Haustüren gerichtet, aber nun steht er schon vor der Hundertvierundfünfzig, jetzt vor der Hundertsechsundfünfzig, Moment mal, also wat is nu?

Irrtum vom Amt? Hat er sich geirrt? Matulla kramt im Zurückgehen den Brief aus der Tasche. Da steht schwarz auf weiß: Hundertzweiundfünfzig. Und vor ihm über der beschmierten rissigen Haustür steht, kaum leserlich, auch Hundertzweiundfünfzig. Aber was für ein Haus. Das soll ein Haus sein? Sein Haus? Und was hängt da für eine Fahne vom Balkon, pechkohlrabenschwarz und ganz zerfleddert am Ende? Und was soll dieses Zeichen auf der Jalousie im Parterre, so ein zackiger Pfeil mitten durch einen Kreis? Und was hängt da aus den Fenstern? Halbe Bettlaken, wie bei der Kapitulation, nur daß hier was raufgeschrieben ist. Matulla kneift die Augen zusammen. Alles, was er lesen kann, ist das Wort Besetzt!

Matulla sieht Busch an. Busch sieht Matulla an. Matulla schüttelt den Kopf. Busch hebt die Schultern. Matulla geht auf die Haustür zu, drückt auf die Klinke. Verschlossen. Matulla rüttelt an der Tür. Nichts. Matulla geht auf die andere Straßenseite, mustert jedes Fenster. Kein Mensch. Busch sagt: Das ist ja die Höhe, Gustav. Da mußt du was machen.

Matulla sagt: Mal ganz ruhig. Ruhig Blut. Nichts überstürzen. Und zieht die Oberlippe zwischen die Zähne und nimmt alles erst einmal unter die Lupe. Die Häuser vor ihm, die Häuser hinter ihm, alles halbe Ruinen, aber über die nächste Straße hinweg schon ein Neubaublock, höher als die andern Häuser, die Straße überspannend, mit leuchtend weißer Fassade und roten und blauen Querstreifen. Die Leute, die an ihm vorbeilaufen, schleppen Einkäufe, schieben Kinderwagen, und keiner hat auch nur einen Blick für die Nummer hundertzweiundfünfzig, als wär das die reine Selbstverständlichkeit. Da drüben die kleine Gemischtwarenhandlung, an der Ecke eine Kneipe. Mal ganz langsam vorfühlen, mal nachfragen.

Ja, das hat lange leergestanden, sagt die Frau hinter dem Ladentisch. Sie überragt Matulla um einen halben Kopf, Busch um zwei Köpfe. Das hat mindestens ein Jahr leergestanden oder anderthalb. Mindestens. Es hat sich ja auch viel verändert hier, da hinten die Neubauten, alles neu gebaut, da möcht man schon wohnen, aber bei acht Mark den Quadratmeter und ihren Umsätzen – nee, sagt die Frau und schüttelt den Kopf und sagt, die zwei Häuser um die Ecke haben ja auch leergestanden, erst hätten alle rausgemußt, und sie hat gedacht, die fangen gleich an zu bauen, aber gar nichts war, und sie hat sich noch sehr gewundert, aber dann sind ja die jungen Leute gekommen und sind da rein, und dann hieß es, daß so viele Häuser leerstehen, ist nicht in Ordnung, na ja, sie will sich da nicht reinmischen, aber sie meint, wenn das so lange leersteht, und es gibt keine Wohnungen, und eh da auch noch Türken reinkommen, wo sollen die jungen Leute denn auch hin?

Matulla hat ein Bund Bananen gekauft zu einsneunundvierzig, dazu eine Tafel Schokolade. Die will er jetzt nicht mehr und besteht auf Rückzahlung von neunundachtzig Pfennig, die Busch in die Tasche steckt.

An der Ecke die Kneipe ist noch ganz leer. Das ist eine Kneipe, wie Matulla sie von früher her kennt, eine lange Theke mit chromblitzendem Belag, die Gläser kopfunter in Reih und Glied neben dem Spülbecken, in dem das Wasser so vor sich hin rauscht. Matulla bestellt zwei Buletten und für jeden ein Bier. Kleine! ruft Busch dem Wirt hinterher und greift in die Tasche, in der das restliche Geld aus dem Kofferverkauf steckt, viel ist das nicht mehr, und wie der Wirt die kleinen tulpenförmigen Gläser auf die Pappuntersätze von Schultheiss stellt und Matulla ganz vorsichtig auf die Nummer hundertzweiundfünfzig anspielt, poltert es nur so aus ihm heraus. Die solln sich hier nich sehen lassen! Die können was erleben, diese Bande, die! So was hat er noch nicht erlebt. Einfach reingehen, einfach so. Als ob das nichts wär. Er muß ja auch seine Miete zahlen, und nicht zu knapp. Ihm schenkt auch keiner was. Das muß man doch respektieren, was einem andern gehört, das Eigentum. Und die Polente? Hör einer auf. Die fahren zweimal, dreimal am Tag ums Karree, und damit hat sichs. Aber tun tun die nichts, rein gar nichts. Da klingelt ja schon der Postbote. Die lassen sich ja schon die Post dahin schicken!

Busch ist empört. Aber die müssen doch wat tun?

Matulla hört nur zu.

Die müssen gar nischt, sagt der Wirt. Er hat die Arme auf den Tisch gestützt und sieht Busch ins Auge. Und wir bezahln noch Steuern.

Busch kann es nicht fassen.

Ob Busch was zu tun habe mit dem Haus, fragt der Wirt.

Busch schüttelt den Kopf, er nicht, aber der Herr hier.

Matulla trinkt erst mal einen Schluck.

Es ist sein Haus, sagt Busch so nebenher.

Der Wirt nimmt die Hände vom Tisch. Ernsthaft?

Ernsthaft, sagt Busch.

Der Wirt ist baff.

Noch zwei, sagt Matulla und sieht der Schaumspur hinterher, die auf den Grund des Glases sinkt. Und für Sie auch.

Gustav, sagt Busch leise und warnend.

Matulla winkt ab. Papperlapapp. Alles nur eine Frage der Zeit. Und hier ist doch ein Telefon, nicht wahr. Das Telefon steht hinter dem Tresen, und die Nummer steht auf dem Brief. Rechtsanwaltsbüro Haubach und Senfft. Eine Frauenstimme. Ja, er sei der und der. Wegen dem Haus. Erbberechtigter. – Welches Aktenzeichen? – Moment mal.

Das Aktenzeichen ist die kleine Zahl da oben neben der Adresse. Also das Aktenzeichen. Da muß er sich einen Moment gedulden. – Also geduldet er sich.

Der Wirt zapft drei kleine Bier. Busch ganz gespannt. Matulla wird es schon machen. Hallo, sagt die Frauenstimme im Telefon. Ja, sagt Matulla. Der Herr Rechtsanwalt läßt den Herrn Matulla zu morgen bestellen, zehn Uhr, im Büro, er wisse doch, wie er dahin komme? – Ja, aber . . . – Sie sei da nicht kompetent. – Matulla kommt ins Stottern. Also gut, morgen um zehn.

Die hat ihn glatt abfahren lassen. Die dumme Kuh. Was soll er nun machen. Und Busch sitzt da und kuckt dämlich. Das kann er nicht auf sich beruhen lassen. Es ist sein Recht. Er wird doch noch in sein Haus reindürfen.

Also das Bier auf ex, und ab. Busch, wir werden mal amtlich.

Klar, sagt Busch, du bist doch im Recht.

Hinein in die pastellfarbene Kühle eines Polizeireviers in Berlin sechsunddreißig. Busch, scharwenzelnd, vornweg; Matulla, ganz Würde, hinterher. Lauter junge Menschen laufen da herum in froschgrünen Jacken, die Hosen in Beige, die Revolver hängen ihnen in den Kniekehlen, und aus den kleinen schwarzen Kästen in den Brusttaschen kommt ein Gekrächz wie vonnem Dutzend heiserer Elstern. Busch will einen der jungen Grünen ansprechen, aber der stürmt vorbei, verschwindet hinter einer eisernen Tür. Zwei kommen den Gang herunter, haben einen Mann mit wackligen Knien im Griff, der ist auch nich mehr ganz alleine. Auf einer Bank warten zwei Männer, die Beine übereinandergeschlagen und mit unendlich geduldiger Miene. Ein Schild: Anzeigenaufnahme. Ein Schild: Wache.

Leutselig der Grüne hinter der hölzernen Barriere, kurz, stämmig, wasserhelle Augen. Na, Opa, wat liegt an.

Matulla verblüfft, Busch versucht zu erklären. Daß es um das Haus Nummer soundso gehe. Sie kämen da einfach nicht rein. Alles zu. Und . . .

Hat die Alte euch ausgesperrt, wat? Kann ja vorkommen. Na, dann erst mal Name Adresse Ausweispapiere.

Busch schüttelt den Kopf, nein, nein, sie wohnten ja nicht hier. Sie wollten nur rein ins Haus, nur mal ansehen . . .

Was heißt: rein ins Haus? Was heißt: nur mal ansehn? Drückt euch mal klarer aus. Ihr seht ja, wir haben unsere Zeit auch nicht gestohlen.

Busch: Es gehe um die Waldemar hundertzweiundfünfzig. Und da wollten sie hinein. Aber die sei verschlossen.

Hinein? Warum?!

Jetzt werden die anderen Grünen aufmerksam. Was für zwei komische Vögel. Was wolln die denn.

Also warum!

Busch: Zwecks Besichtigung.

Der Kurze mit den Wasseraugen dreht sich zu seinen Kollegen um, na, warum nicht, Spaß muß sein.

Und aus welchen Gründen soll die Besichtigung stattfinden?

Grinsen in der Wachstube; einer unterbricht seine Arbeit an der Schreibmaschine, ein anderer hält sich die Hand vor den Mund, ein dritter, der mit wiegendem Gang aus dem Raum wollte, verhält seinen Schritt.

Busch erklärt. Als Besitzer. Man hat wohl das Recht.

Ach, das sei sein Haus?

Nein, nicht direkt. Aber.

Einer kann das Lachen nicht mehr aufhalten, prustet los.

Der mit den wasserblauen Augen ganz ernst.

Einer fragt von hinten: Welche Nummer?

Die Hundertzweiundfünfzig, antwortet der Kurze.

Sagt der von hinten: Das ist doch eins von den . . .

Busch sagt: Ja, genau! Und alles zu. Wie verbarrikadiert.

Und da wollt ihr rein? sagt der Kurze. Habt ihr kein Quartier?

Busch holt tief Luft. Ob man ihm mal zuhören wolle. Dieser Herr hier, der Herr Matulla, sei der Besitzer. Und es sei doch sein gutes Recht . . .

Dieser Herr da? Der Besitzer?

Matulla im Blickpunkt. Der Grüne hinter der Schreibmaschine steht sogar auf von seinem Stuhl. Vögel gibts, die gibts gar nicht. Was sich die Leute so alles einfallen lassen.

Jetzt möchte Busch den Vorgesetzten sprechen.

Den Vorgesetzten?

Jawohl, sagt Busch. Darauf dringen wir. Nicht wahr, Gustav?

Matulla ganz steif. Diese jungschen Kerls. Die wolln ihn wohl auf den Arm nehmen. Die nicht.

Matulla schüttelt den Kopf.

Aber Gustav, sagt Busch.

Nein, sagt Matulla zu Busch, und er sagt: Komm.

So ein Reinfall. Was ist bloß los. Das reine Chaos. Sone Laffen. Und das will ein Staat sein. Na, die solln sehn. Morgen um zehn. Das wird klargemacht. Aber bis dahin? Wat soll nu werden? Sie laufen durch die Straßen, Matulla redet nicht, Busch redet nicht. Vorbei an den Kebab-Buden, am Kottbusser Tor, wo diese Jungs herumstehen in Leder und Eisen und alle machen einen Bogen um sie. Unter der Hochbahn hindurch, früher Linie eins, Warschauer Straße/Ruhleben. Und wohin bis morgen? Das Kanalufer, ein Ausflugsdampfer, Akkordeonmusik.

Busch lehnt sich auf das gußeiserne Geländer, starrt ins Wasser und seufzt. Matulla neben ihm denkt an morgen um zehn. Kein Geld, kein nichts mehr. Vielleicht zum Bahnhof, die Bahnhofsmission. Vielleicht eine Bank im Park. Wie die Penner, wie runtergekommen. Nee.

Da fährt Busch auf. Er weiß was. Die Tochter von der Nenntante von seiner Lene.

Kommt der wieder mit seiner Lene an.

Da können sie es versuchen. Versuchen können wirs doch, Gustav.

Was der Busch für ein gutes Gedächtnis hat. Dem steht noch alles genau vor Augen, auch wenn es gottweiß wie lange her ist, als er das letzte Mal dort gewesen ist: die Laubenkolonie, der schmale Sandweg zwischen den winzigen Parzellen, das Steinhaus am Ende. Nach Norden müssen sie, mit der U-Bahn Richtung Wedding, da müssen wir durch den Osten durch, Gustav. Der Zug poltert über ausgeleierte Schienen, schleicht an schummrigen stillgelegten Bahnhöfen vorbei. Matulla preßt, wenn sie eine Station passieren, das Gesicht an die Scheibe, sieht leere Reklameflächen, vergilbte Fahrpläne, verrottete Bänke, und einmal schwebt dicht an der Scheibe ein blauer Schatten vorbei, zwei brennende Augen in einem blassen Gesicht, Matulla schrickt zurück, sieht jetzt erst die Uniform, die geschulterte MPi, sitzt die Zeit bis zur Endstation stumm und atmet richtig auf, wie er wieder im Licht steht, meingott, die reinste Gespensterbahn. Gesundbrunnen steigen sie in den Bus, und das letzte Stück bis zur Bornholmer laufen sie.

Ist das eine Verlegenheit! Die Frau an der Gartentür, Mitte Fünfzig vielleicht und mit unsicherem Blick, wischt sich die Hände an der Schürze sauber. Busch redet mit Armen und Beinen.

Also, sie beide sind auf der Durchreise, sozusagen. Wollten mal vorbeischauen. Als Verwandtschaft, sozusagen.

Die Frau zögert einen Moment. Matulla sieht gleich, das ist eine, die nicht nein sagen kann.

Na, treten Sie doch erst mal näher.

Matullas erster Eindruck – Kindergarten. Auf dem Apfelbaum neben der Hecke, auf dem kleinen Rasenstück, auf der Schaukel, die an der Klopfstange hängt, überall Kinder. Kinder und Tiere. Ein großer schwarzer Hund, Promenadenmischung; ein Dackel mit hängenden Ohren. Eine Katze im offenen Fenster.

Matulla setzt sich auf den Rand eines Stuhles, hält sich bißchen abseits.

Onkel, wer bistn du? Was machstn hier? – So ein Rotzlümmel neben ihm mit rehbraunen Augen.

Laß doch mal den Onkel in Ruhe. Inge, mach mal Kaffee.

Vor Matullas Stuhl schiebt sich eine Schildkröte durch das Gras.

Busch erklärt wieder. Also, Helene Busch.

Helene? . . . Helene? . . .

Ja, geborene Krone.

Krone . . . Krone . . . Ja, das sagt ihr was, natürlich. Helene Krone! Tante Lene!

Busch nickt und strahlt übers ganze Gesicht.

Und er sei von der Tante Lene der Mann?

Busch nickt.

So eine Überraschung. Ja, die Tante Lene.

Also Kaffee her, oder wollen die Herren lieber eine Flasche Bier?

Busch nimmt auch gerne eine Flasche Bier. Matulla bleibt reserviert.

Also Kaffee und Kuchen und Kinder und Wespen, und das Gebell der Köter, wenn die Katze über den Rasen streicht. Matulla mit hochgezogenen Schultern. Ist ja alles ganz nett, die Frau ist ja nett, aber so viel Leute, so viel Kinder, da kriegst du ja Platzangst.

Busch soll nun erzählen, wie es ihm ergangen ist und ob er weiß, wo der alte Werner Trespe abgeblieben ist und eine Frau namens Elisabeth. Busch erzählt, was er weiß, und legt so ganz nebenbei ihr Problem auf den Tisch: Für eine Nacht. Morgen sieht alles ganz anders aus. Man hätte ja auch in ein Hotel gehen können, aber wenn man die Verwandtschaft hat . . ., ist doch persönlicher.

Natürlich, sagt die Frau, das hätte sie ihm direkt übelgenommen, wenn er in ein Hotel gegangen wäre. Es wird zwar bißchen eng werden, aber wenn die beiden keine großen Ansprüche stellten, ginge es schon, und es ist ja nur für eine Nacht.

Abends wird gerückt und verstellt, Matratzen werden ausgelegt und Bettzeug wird verteilt, zwei Kinder schlafen auf der einen Seite, Matulla und Busch gegenüber, Busch hat sich schon zugedeckt, Matulla braucht noch ein zweites Kopfkissen, dann ist es dunkel, Matulla hat die Augen geschlossen, da ist ein Gewisper, ein Gekratze, Matulla hebt den Kopf, lauscht in die Dunkelheit. Sieht einen hellen Schatten, Mensch, da bewegt sich doch was, dahinten, in der Ecke, was Weißes, Busch, kuck doch mal, verflucht! Matulla springt auf, da ist so ein Vieh, ein längliches weißes Vieh, das bewegt sich, die Kinder schreien: Mama! Er ist wieder da!, die Frau steht schon in der Tür: Was schreit ihr denn so, wer ist wieder da? Der Bruno ist wieder da! schreien die Kinder, ach so, der Bruno, sagt die Frau, und zu Matulla sagt sie, daß er sich nicht aufregen solle, den Bruno, die weiße Ratte, suchten sie schon seit einer Woche, und jetzt isser wieder da, gottseidank, der tut keinem was.

Matulla zieht sich das Bettuch bis ans Kinn. –

Morgens das Frühstück ganz hastig, bißchen Kaffee, bißchen Knäckebrot, die Verabschiedung, war wirklich nett, daß Sie sich ham sehn lassen, und vielen Dank auch, war doch selbstverständlich.

Auf dem Weg wird alles Geld zusammengekratzt, die letzten paar Mark, aber jetzt klärt sich ja alles, jetzt hat gleich alles ein Ende, diese Herumstromerei, diese leeren Taschen, jetzt fängt alles richtig an.

Vor der Tür zum Büro, das in der Nähe des Kudamms liegt, wischt Busch dem Matulla noch paar Fädchen, paar Stäubchen von der Jacke, Matulla fährt noch einmal mit dem Kamm durch die Haare, drückt dem Busch seine Plastiktüten in die Hand, nimmt Haltung an, und rauf die Treppe, klingelt an der Tür, eine Frau ganz in Seide steht vor ihm, stutzt einen Augenblick, er sei der Herr Matulla?, führt ihn in die Diele, da wartet er, auf einem Polsterstuhl, blättert in Illustrierten, in Glanzprospekten, Vermögensberatung, steuersichere Anlagen, und dann: Der Herr Rechtsanwalt läßt bitten!, Matulla steht in der Tür, ein großer Schreibtisch, ein geschniegelter und gebügelter Herr, Matulla tritt ein.

Die Straße hinauf, die Straße hinunter, immer an dem Haus vorbei, in dem Matulla verschwunden ist. Ein feines Haus. Ganz vornehm, richtig herrschaftlich. Sanftgelber Anstrich, breite Fenster und ein Portal mit diesen Muskelmännern aus Stein, die so aussehen, als trügen sie das ganze große Haus aufm Buckel. Ja, der Matulla. Der bringts noch zu was, und in dem seinem Alter! Bald ist der ein feiner Herr, genau wie die Männer, die an Busch vorbeiflanieren, mit Dackeln an der

Leine, in Maßanzügen und mit Hut. Und die Frauen, piekfein, auf hohen Stelzen und das Gesicht wie ein Schminkladen. Da wird der bald sitzen in den Cafés, wo du auf die Straße rauskucken und die Zinsen abfuttern kannst, und für Busch fällt auch schon was ab. Seinen Freund läßt man nicht sitzen im Dreck, auch wenn der jetzt warten muß, eine halbe Stunde, eine dreiviertel Stunde, immer auf und ab und in die Auslagen kucken, schöne Uhren, schöne Armbänder, schöne Ringe, das blinkert und blitzt in der Sonne, die reinsten Geschmeide, Busch kann sich nicht satt sehen, auch wenn der Mann aus dem Juwelierladen mißtrauische Blicke wirft, na ja, würde Busch auch machen, wenn er so einen Laden hätte und jemand mit lauter Plastiktüten in der Hand streicht um die Auslagen herum; der kann ja nicht wissen.

Also verzieht er sich zur Ecke, stellt sich so, daß er das Haus, in dem Matulla verschwunden ist, im Auge behält. Stückchen weiter ist so ein Hamburger-Laden; der Geruch nach gebratenen Zwiebeln läßt das Wasser in seinem Mund zusammenlaufen, er kramt in der Tasche nach dem restlichen Geld, für einen einfachen Cheeseburger würde es reichen, schon ist er auf dem Weg, dreht aber plötzlich ab, wer weiß, wozu sie die paar Groschen noch brauchen können. Steht, tritt von einem Bein aufs andere, eine Stunde ist schon vergangen, oder sogar noch mehr, keine Spur von Matulla, aber alles hat mal ein Ende, auch das Warten, da steht Matulla plötzlich auf der Straße, Busch ruft: Hier! Hier bin ich! und läuft ihm entgegen, also wat is? Matulla eher nachdenklich, eher in sich gekehrt. Wat war nu los! Is wat schiefgegangen? Nee, schiefgegangen is nischt, aber diese Büromenschen, Hölle und Feuer und Pest über diese Büromenschen, diese Rechtsverdreher und all dieses olle Kroppzeuch, und der alte Wiczorek, der Giftpinsel, der Geizhals!

Busch ganz verdattert. Also hat Matulla gar nicht?

Doch, Matulla hat schon. Aber nicht so einfach. Was der erzählt hat, der Rechtsverdreher! Eine ganze Stunde lang. Da wird einem doch ganz wabblig im Kopp, Mann. – Also, er hat. Aber Erbengemeinschaft. Er besitzt, aber gebunden. Schon alles geplant. Geschäftshaus oder was. Schon alles unter Dach und Fach. Die ganze Ecke soll weg. Noch nicht gleich, aber bald. Eine politische Frage.

Versteht Busch nicht. Wat soll politisch daran sein. Wat er hat, hat er.

Klar, aber Busch muß auch verstehn.

Würde Busch sich nicht gefallen lassen. Entweder oder!

Wieder typisch. Für Busch sieht alles immer einfach aus. Aber einfach ist nischt auf der Welt. Die Rechtslage.

Busch schüttelt den Kopf. Wat für eine Rechtslage.

Also die Bodenpreise, zum Beispiel. Wenn du was Richtiges hinbaust. Die ollen Scharteken da. Da kriegste nur Monatsmiete. Aber wenn du neu baust, kriegste alles vom Staat. Da ist eine halbe Million drin!

Busch bleibt stehen. Halt mir mal fest, Gustav. Eine halbe Million für Matulla?

Nee, nich für Matulla alleine. Für alle. Die anderen sitzen in Australien. Eine halbe Million durch drei.

Na, ick danke. Ist ja wohl auch genug. Das ist ja verdammt auch genug. So eine Suppe zu haben, der Matulla. Eine halbe Million durch drei.

Matulla sagt: Hm.

Busch kann nur den Kopf schütteln. Was kann Matulla da noch überlegen. Er soll mal rechnen. Das Geld kann er anlegen, das kann er arbeiten lassen. Mensch, Gustav, Geld muß arbeiten!

Matulla verzieht das Gesicht. Immer so voreilig, immer so einfach, der Busch. Anlegen, arbeiten lassen! Soll mal lieber nachdenken! Wie alt wird Matulla jetzt? Matulla wird sechsundsiebzig. Na, bitte. Busch muß doch wissen, daß man da jeden Tag mit rechnet, daß man den Löffel abgibt. Paar Jährchen noch, und dann is alle. Und was hat er dann von anlegen, von arbeiten lassen? Nischt hat er davon.

Na, aber ...

Nischt aber. Matulla will jetzt. Die letzten paar Jahre. Jetzt will er, er will wohnen in seinem Haus, und das Recht hat er, er hat sich von diesem Menschen alles noch mal bestätigen lassen.

Dejuhre, hat der gesagt, hat er das Recht dazu.

Und de facto, fragt Busch. Wenn da ganz andre drinsitzen?

Matulla antwortet nicht gleich. Er zieht die Stirn kraus, als denke er angestrengt nach, und läuft an den aufgebockten Tischen vorbei, auf denen die Schmuckhändler am Straßenrand ihren Tinnef ausstellen, vor einem Hauseingang schlägt ein blonder Dünnbärtiger mit großem Hut auf dem Kopf seine Gitarre, und Ecke Joachimstaler, an der großen Kreuzung, direkt am Café Kranzler, wo die alten Tanten sitzen mit ihren glatten Kostümen und den dicken Broschen und auf das Treiben herabschauen, als wäre es zu ihrem Zeitvertreib geschaffen, steht die Ampel auf Rot. Matulla reckt sich, Matulla streckt sich, seine Stirn ist wieder glatt, und seine Augen haben diesen seltsamen Glanz. Defackto, sagt Matulla ganz fest, wird er schon machen. Paß auf, Busch!

5

Wer nicht zur Arbeit gegangen ist, früh am Morgen, oder zur Vorlesung in die Universität, wer keine Schule, keinen Job hat und keinen Termin beim Sozialamt, wer also bis zwei oder drei in einer Kneipe am Lausitzer Platz oder in der Oranienstraße gehockt hat, der sitzt kurz vor zwölf noch beim Frühstück um den großen Tisch im vorderen Zimmer des ersten Stocks herum, schwatzt ein bißchen oder liest Zeitung oder stellt schon ein paar Teller zusammen, neun, zehn Leute vielleicht, nein, elf: durch die Tür, die zur Küche führt, tritt ein schwarzhaariges Mädchen mit einer Kanne in der Hand, die Köpfe heben sich, die Hände greifen auf den Tisch, fischen leere Tassen aus dem Haufen von Milchtüten, Butterstücken, Wurst- und Käsepäckchen, Schmalztöpfen und Salzfäßchen, Aschenbechern, Eierschalenhaufen, Rollmopsgläsern und Haferflockentüten, strecken sie der Schwarzhaarigen entgegen, lassen sie füllen mit frischem Kaffee – ein Drängen ist das, ein Gickern und Gackern, ein Hier! und Ich auch!, und plötzlich ist alles still, horcht in den Raum hinein, da ist doch ein Klopfen, ein Pochen, ganz schwer, ganz dumpf, aber das ist schon kein Pochen mehr, kein Klopfen, das ist ein Bummern, ein Rummsen, das die Dielen erzittern läßt, meingott, jetzt gehts los!

Einer stürzt ans Fenster, lehnt sich hinaus. Nee, Bullen sieht er nicht, aber Leute, eine Menge Leute!, die stehn vor dem Haus, also los, runter, da will jemand was, weiß der Teufel, wer. Und hoch von den Stühlen, die Treppe hinunter, hinein in den schummrigen Flur. Da biegt sich tatsächlich die Haustür in ihren Angeln, ein schmaler Lichtschein fällt herein, dann schnellt sie zurück, ein Rumms, Gefluche draußen auf der Straße, Lachen, anfeuernde Rufe: Na, nu los! und: Eins zwei drei! und: Hauruck!, wieder biegt sich die Tür, wieder schnellt sie zurück. Einer der Jungen hat einen Knüppel in der Hand, ein anderer streift sich die Ärmel hoch, ein dritter sagt: Los, macht mal auf!

Den Riegel zurück, den Schlüssel ins Schloß, und auf die Tür. Die blendende Helle des Tages, Gestalten im Gegenlicht, ein Mann mit erhobener Brechstange, groß, schwarz, bedrohlich; erst beim zweiten Blick ein dürrer Alter ganz außer Puste, hej, Vata, du spinnst wohl.

Der Alte, nach Atem ringend: So. Ich spinne? Ich?

Ein kleiner Verhutzelter drängt sich an seine Seite, reckt den Kopf. Hinter ihm die Gaffer lachen und lärmen.

Moment mal, sagt das schwarzhaarige Mädchen zu dem mit dem Knüppel in der Hand, schiebt sich an ihm vorbei und tritt vor den Alten: Na, Sie sind doch der . . . der . . .

Der Alte: Wer *der*?

Na, von neulich . . .

Nischt von neulich, rein will er.

Sie wolln zu uns?

Nee, zu *der* will er nicht, bestimmt nicht.

Der Alte trotzig, verkniffen.

Laut sagt der mit dem Knüppel: Was das denn soll. Mit ner Brechstange! Ist doch nicht seine Tür!

Wat? Nicht seine Tür?

Da kann er nur lachen. Da kommt er ja richtig in Fahrt. Die Tür ist erst mal offen. Hat er ja gewußt. Die wern sehn, was die davon haben. Mit ihm nicht.

Triumphierender Blick in die Runde; die Leute johlen,

muntern ihn auf. Da nimmt er die Stange, stößt sie gegen die noch geschlossene Hälfte der Tür, mit der kann er machen, wat er will. Siehste!

Nu ist aber Sense, Vata. Schluß!

Schluß? Noch lange nicht. Das fängt gerade erst an.

Hej, hej, schreien die Gaffer. Nu mal ran, Opa!

Von irgendwoher ein fernes Lalü.

Wenn Sie reinwollen, sagt das schwarze Mädchen und tritt einen Schritt zur Seite, dann kommen Sie rein.

Ein tief befriedigtes Schnaufen. Warum nicht gleich so.

Das läßt sich doch alles in Ruhe regeln, sagt das Mädchen.

In Ruhe? Wird wohl nix werden. Aber erst mal rein.

Der Alte atmet ganz tief durch, reckt sich und streckt sich und geht durch die Tür.

Zuerst sieht er gar nichts vor lauter Haufen und Säcken im Flur, vor lauter Bemalung im Treppenhaus, vor lauter Plakaten im großen Zimmer im ersten Stock, in dem er jetzt steht, und neben ihm, mit eingezogenen Schultern, der kleine Verhutzelte, und vor ihm die jungen Leute aus dem Haus, die einen verlegen, die anderen betont reserviert. Ein Hüsteln, ein Räuspern, irgendwas muß jetzt getan werden, muß jetzt gesagt werden, aber er hat einen Kloß im Hals und schluckt und schluckt, ein aufgeschossener Blonder hebt ratlos die Schultern, das schwarzhaarige Mädchen macht ein einladendes Gesicht, noch hält er die Brechstange in der Hand, lächerlich, jetzt ist nicht mehr Wut, jetzt ist Würde am Platz, und er stellt erst einmal das Eisen gegen die Wand und räuspert sich noch einmal und findet so langsam seine Sprache wieder, und jetzt sagt er etwas.

Er sagt, daß sein Name Matulla sei.

Schweigen.

Er sagt, daß er eine weite Reise gemacht habe. Von Fellbach her.

Skeptische Blicke, von oben bis unten.

Er sagt, daß er, so leid es ihm tue, den anwesenden ... Er stockt, blickt einen Moment zur Decke, redet dann weiter: ... Damen und Herren mitteilen müsse, daß es vorbei sei mit der Herrlichkeit.

Ja, sagt Matulla, ab heute ist es vorbei. Hier stünde er, Friedrich Gustav Matulla, der nach fünfundsiebzig Jahren Menschenleben mit nicht sehr viel Freuden und sehr viel mehr Widrigkeiten, die sich die Anwesenden, welche ja, mit Verlaub gesagt, noch ziemlich grün hinter den Ohren seien, kaum ausmalen könnten – der also nach fünfundsiebzig Jahren auf vielen Wegen und Umwegen, die ihn von der Bretagne bis nach Sibirien geführt hätten, endlich am Ziel seiner Wünsche angekommen sei, hier, in der Waldemar hundertzweiundfünfzig, und die einzigen, die ihm noch im Wege stünden, seien sie, die hier unrechtmäßig Wohnenden.

Natürlich, sagt Matulla, verstünde er ihr Erstaunen, ihr Erschrecken, und er wolle ihnen deshalb Zeit geben, die Sachen ordentlich zu packen, damit sie nichts überstürzen müßten, das wolle er.

Matulla, um seiner Rede Nachdruck zu verleihen, nickt mehrere Male.

Das Mädchen fragt: Wollen Sie einen Kaffee?

Matulla sagt: Sagen wir, zwölf Stunden.

Busch sagt: Ja, einen Kaffee hätten wir gerne.

Matulla sagt: Größere Gegenstände können Sie später abtransportieren lassen.

Das schwarze Mädchen sagt: Toni, wasch mal paar Tassen.

Matulla sagt: Für Ihr persönliches Eigentum übernehme ich bis zum Abtransport selbstverständlich die volle Garantie.

Busch sagt: Mit Milch und Zucker, bitte.
Das Mädchen sagt: Setzen wir uns doch.

Ein Verrückter. Ein Monstrum. Ein Fossil. So einen Freak hat die Welt noch nicht gesehen. Zwölf Stunden. Der Kerl spinnt lauwarm. Der ist völlig durchgedreht. Sein eigen Grund und Boden! Das ist die Nummer des Tages. Das ist eine total perfekte Wahnsinnsnummer. Die ist so gut, die kann er auf der Straße aufführen, so gut ist die. Da bringen wir ihn am besten gleich hin. Da sorgen wir dafür, aber subito.

Jungs, mal nicht so eilig, den übernehme ich erst mal, laßt mich mal machen.

Sitzt das schwarze Mädchen am Tisch und Matulla ganz steif daneben. Busch schlürft seinen Kaffee, Matulla rührt seine Tasse nicht an.

Also, das gehört ihm? Das alles, das Haus und so? Das schwarze Mädchen sanft, fast liebevoll.

Matulla zieht Luft ein, Busch nickt.

Busch erklärt auch gleich, wie alles zustande gekommen ist, das Heim an der Neuen Brücke, der Brief, Einschreiben, und wie sie alle gelauert haben, und stellen Sie sich vor, noch vor zwei Tagen sitzt man da rum und denkt sich nichts weiter, und plötzlich, von einer Minute auf die andere, ist alles ganz anders.

Das Mädchen nickt, das kann sie sich vorstellen.

Und stellen Sie sich vor, da reist man nun fast zwei Tage lang und hat die ganze Zeit weiter nichts im Kopf als sein Haus und wie das wohl aussehen mag, und dann kommt man an und kann nicht mal rein! Die Enttäuschung!

Ja, sagt das Mädchen, so was muß ein Schlag sein.

Na, und wie! sagt Busch. Und er sagt, daß es ja nicht gegen sie persönlich gerichtet sei, sie hätten doch nichts gegen sie persönlich, nicht wahr, Gustav?

Matulla verzieht keine Miene.

Nein, fährt Busch fort, ganz bestimmt nicht, aber in Anbetracht der Lage müßten sie doch einsehen, daß es nicht anders zu machen sei. Wo sollten sie, Busch und Matulla, auch hin.

Hm, sagt das Mädchen. Und wo sollen wir hin?

Busch wiegt den Kopf. Groß genug sei das Haus ja. Eigentlich sei ja Platz für alle da, aber wenn der Eigentümer darauf bestünde, sei nicht viel zu machen, oder . . .?

Busch hat bei seinen letzten Worten die Stimme ein wenig gehoben, hat seinen Körper in Matullas Richtung geneigt, aber der tut so, wie wenn er ausschließlich mit der Musterung des Zimmers beschäftigt ist, mit der Kreideaufschrift an der schwarzen Tafel, auf der ein Thomas in eckiger Schrift mitteilt, daß er in zwei Tagen losfährt, grobe Richtung Nepal, und daß, wer Emmi einen Brief mitgeben will, nur noch zwei Tage Zeit hat, ihn zu schreiben Ausrufezeichen; oder mit der eher schäbigen Möblierung, jeder Stuhl anders, richtig zusammengewürfelt, und der schnörkelige Schrank an der Längswand, Gelsenkirchener Barock wie die beiden abgeschabten Sessel neben dem Gartentisch in der rechten Ecke. Nein, Matulla wird sich hüten, etwas zu sagen, soll der Busch, der sich wieder dem schwarzen Mädchen zuwendet, ruhig machen.

Der senkt seine Stimme jetzt, wird schon vertraulich, er wolle sich schon einsetzen für sie, vielleicht später, vielleicht läßt sich da etwas machen, in gewissem Sinne hätten die jungen Leute ja auch ein Recht, er meine, zu wohnen, nicht wahr, aber im Moment . . .

Busch hebt die Schultern, breitet die Arme aus.

Tja, sagt das Mädchen, alles ganz schön und gut, aber so einfach sei die Sache nicht. Sie seien ja hier gar nicht alle . . .

Matulla horcht auf.

Im ganzen seien sie dreiundzwanzig.

Donnerwetter, sagt Busch. Dreiundzwanzig!

Und alle mit Stimme, sagt das Mädchen. Sie persönlich verstünde zwar die Lage der beiden, aber das müsse ja auch mit den andern besprochen werden. Sie könne nicht einfach über deren Kopf . . .

Klar, sagt Busch. So einfach geht das nicht. Das versteht er schon. Nicht wahr, Gustav?

Matulla sagt immer noch nichts.

Da müsse man also, sagt das schwarze Mädchen, die neue Situation beraten, heute abend, wenn alle beisammen seien, das würden die beiden, die herzlich eingeladen seien, doch wohl einsehen, oder?

Klar, sagt Busch, beraten müsse man schon, das sehe er ein, und man käme dann halt noch einmal wieder, abends, nicht wahr, Gustav?

Da platzt Matulla der Kragen, da wirft er sich in die Brust, da haut er mit der flachen Hand auf den Tisch, daß Busch erschrocken zusammenzuckt und sich ganz klein macht. Keinen Fuß, nicht einen Fuß setzt Matulla mehr raus aus dem Haus. Basta! sagt er zu Busch, und er sagt: Und jetzt will er sehen, was er hat!

Busch breitet wieder die Arme aus zu einer entschuldigenden Geste und sagt zu dem Mädchen: Er will sehen.

Gut, sagt das Mädchen, soll er sehen.

Treppauf, treppab, die Zimmer gehn ja noch, manche gefallen ihm sogar, schön luftig, eines sogar richtig gemütlich, auch wenn das alles nicht sein Geschmack ist, aber man sieht, die jungen Leute, so zottelig sie aussehen, haben sich Mühe gegeben, da steckt Arbeit drin, viel Arbeit, und wenn Matulla vor einem Respekt hat, dann vor dem, der arbeitet. Aber sonst! Aber das Treppenhaus! Aber die Öfen! Aber die Klosetts! Dort fehlt ein Stück vom Geländer, da ist nur noch das

Viereck vom Ofensockel zu sehen, und hier sind zerschlagene Waschbecken und herausgerissene Rohre.

Wer hat denn da so gehaust. War hier ein Einfall der Vandalen. Ist hier Tschinggis-Chan mit seinen Horden durchgezogen?

Das schwarze Mädchen winkt ab.

Nichts ist das jetzt. Das reine Paradies ist das jetzt. Der Herr Matulla hätte mal sehen sollen, wie das aussah, bevor sie hier eingezogen sind. Wahre Berge von Dreck, die Kabel hingen von den Wänden wie verdorrte Weidenzweige, und im Keller stand das Wasser knöchelhoch. Tonnenweis haben sie Schutt abgefahren! Nein, das ist jetzt geradezu gold gegen vorher.

Aber von wegen Vandalen, von wegen Tschinggis-Chan! Nicht mehr als ein halb Dutzend Leute mit Spitzhacken, einmal kurz durch, und das war mal ein Haus. Hat der Herr Matulla noch nie etwas davon gehört? Nie etwas von *Entmietung*? Nie was von *heißem Abriß*? Weiß er nicht, wie man Leute aus den Häusern ekelt und alles verludern läßt, kleines Feuerchen legt, oder gleich die Abrißbirne und neu bauen lassen und alles Luxus und viermal so teuer und die Leute aus der Gegend können sehn, wo sie bleiben?

Nein, das weiß er nicht, davon hat er noch nie etwas gehört. Da kann er nur den Kopf schütteln. So etwas ist ja ein Skandal. So ein Haus ist doch nicht einfach ein Haus. Das ist doch mehr. Das hat doch jemand aufgebaut, da hat doch jemand drin gewohnt, das steht doch in einer Straße. Na, und wie soll er sagen? Also, auf keinen Fall kann man da einfach reingehen und alles kaputtschlagen, so was geht auf keinen, aber auf gar keinen Fall. Das wird er einmal zur Sprache bringen an geeigneter Stelle. Das kann er den jungen Leuten versprechen!

Treppauf, treppab, über den Boden, durch den Keller, über

den Hof, an dessen einer Seite ein kraterähnliches Loch gähnt, ins Hinterhaus, ins Backsteinhaus, das wird gerade frisch gemacht, da sieht man Tapetenreste auf dem Boden, eine Leiter mitten im Raum, in einem Zimmer sind an der Längswand schon die Löcher zugeschmiert mit gipsgrauer Paste, die elektrischen Leitungen, sieht Matulla, alle fein unter Putz gelegt, das hat seine volle Zustimmung, solide Arbeit, wirklich, und er stützt sich auf einen frisch verglasten Fensterrahmen, der an der Wand lehnt, will ein bißchen verpusten, aber da geht es schon weiter, rauf in den Seitenflügel, über ausgetretene Stufen, an wackligen Geländern vorbei, im dritten Stock winkt Matulla ab, hat genug gesehn, und wieder ins Vorderhaus, jetzt ist Matulla kaputt, müde, schlapp, kann sich kaum auf den Beinen halten, gähnt laut, und Busch sagt, Matulla braucht jetzt seinen Mittagsschlaf. Seinen Mittagsschlaf hat Matulla immer gebraucht, sogar im Krieg hat er immer geschlafen, mittags oder nachmittags, oder auf der Arbeit, die Ellbogen aufn Tisch, Kopp in die Hände, Augen halb offen, und wenns nur paar Minuten waren.

Das sei doch zu machen, sagt das Mädchen, das sie durch das Haus geführt hat, hier, im Zimmer gleich nebenan, könne er sich doch hinlegen. Matulla wehrt ab, das sei zwar sehr freundlich, aber er möchte sich nicht verpflichtet fühlen. Das Mädchen beruhigt ihn, das brauche er wirklich nicht — als Hausherr, und das Sofa stelle sie ihm sozusagen als Ausgleich dafür zur Verfügung, daß sie hier wohne, quasi in seinem Haus.

Da hat sie nun auch wieder recht, aber das ganze Sofa braucht er gar nicht, ihm reicht der Sessel, paar Minuten die Augen zumachen, zwei Minuten höchstens, dann ist ihm besser, der Sessel reicht schon, Busch rückt ihm alles zurecht, Matulla fällt nieder, streckt die Beine aus, und im nächsten Moment sinkt sein Kopf auf die Seite.

Matulla schläft, Matulla träumt. Was träumt Matulla? Matulla träumt von einem Haus, von seinem Haus. Aber wo ist die idyllische Straße mit den mächtigen Kastanien, den Vorgärten und den flanierenden Leuten, den Kindern mit ihrem Lachen und Spielen und Tanzen? Steine, nur Steine ringsum, und Trümmerberge bis in die Höhe des zweiten Stockwerks, und sein Haus eine Ruine, die stückweis abgetragen wird von lauter schwarzgekleideten Gestalten, und Busch sitzt darin und spielt den Chef und dirigiert alles, dirigiert die Horden mit Spitzhacken und Pickeln und meldet dann diesem Rechtsverdreher, der an einem gläsernen Schreibtisch vor der Eckkneipe sitzt, den Vollzug, und Matulla rennt von einem zum anderen und will alles verhindern, aber alle tun so, als wäre er gar nicht vorhanden, und Busch ist am schlimmsten, Matulla sagt: Busch, wie kannste dich dafür hergeben. Ich denke, du bist mein Freund? Aber Busch gibt neue Anweisungen, die Zerstörung der Öfen betreffend, da reicht es Matulla, da wird er böse, da stemmt er die Hände in die Hüften und brüllt den Busch an: Daß er ihn entbinde von seinem Posten als Portier! Busch, du bist entlassen!, aber statt daß der Busch nun verschwindet, hört Matulla ein Stimmenraunen um sich herum, Matulla macht die Augen auf, die Tür zum Zimmer ist halb offen, Busch vor ihm, im Rahmen ein paar junge Leute, lugen herein, Matulla stemmt sich hoch, wankt noch ein bißchen, dann ist er wach.

Matulla hat lange geschlafen, es ist schon abends, alle sind schon da, beraten worden ist auch schon, Busch wedelt beruhigend mit den Händen: Alles in Ordnung, Gustav, alles in Ordnung. Und Busch sagt: Du hast ja geschlafen wie ein Stein, Gustav, na, dann komm mal mit.

Ins große Zimmer schleppt er ihn, da ist auch das Mädchen, und sie haben also beraten, und herausgekommen ist dies: sie können bleiben. Es wird zwar ein bißchen eng werden, aber da ist der Karl-Otto ohnehin zu seinen Eltern gefahren und bleibt da eine Weile, und ein anderer zieht in das Zimmer seiner Freundin, und da können sie in den zweiten Stock, das rechte Zimmer, das ist gleich neben der einzigen Toilette im Vorderhaus, sie müßten ja nachts sicher öfter mal raus, und zwei Betten stehen da auch darin, und zur Not wirds schon gehen.

Nu aber langsam mit die jungen Pferde. Hat Matulla richtig gehört? Die ham wohl Tomaten auf den Ohren. Er hat sich doch wohl deutlich genug ausgedrückt: zwölf Stunden.

Und Bettzeug ist auch da, das gibt der schöne Guido, und Essen, na ja, wo es für dreiundzwanzig reicht, reichts auch für fünfundzwanzig, das ist nicht das Problem, zu regeln bleibt nur noch, was weiter geschehen soll, vielleicht gefällt es den beiden hier, dann können sie sich ja ein Zimmer herrichten, oder zwei, hinten im Backsteinhaus beispielsweise, da ist es schön ruhig und nicht mit dem ganzen Straßenlärm, aber fürs erste jedenfalls im zweiten Stock.

Das Mädchen ganz unbefangen. Busch wackelt mit dem Kopf.

Matulla muß sich beherrschen. Jetzt is aber gleich Essich, jetzt ist es aber gleich zu Ende mit seiner Geduld.

Busch zupft ihn am Ärmel. Gustav . . .

Fürs erste, fürs zweite, nee, kein Verständnis für Taubheit, die wolln wohl nicht hören, und wenn die nicht hören wollen, da können wir auch ganz anders.

Gustav, hör doch mal.

Auf dem Ohr bin ich taub, und wenn das nicht auf freiwilliger Basis geht, dann!

Gustav, was willste denn machen?

Matulla atmet tief ein, und seine Augen funkeln.

Du kannst doch nich mal zur Polente.

Wat is denn mit dem Busch los. Hat der was ausgekungelt mit denen?

Gustav, es ist abends, und wo wolln wir denn hin.

Der Busch hat den ganzen Nachmittag mit denen zusammengehockt. Der führt doch was im Schilde.

Gustav, und hier ham wir zwei Betten.

Bestimmt führt der was im Schilde.

Und es sind doch auch nette Leute, Gustav. Bei allem, was recht ist.

Was recht ist! Sagt der Busch! Also so steht die Sache! Der Busch hat die Seiten gewechselt. Kann doch gar nicht anders sein. Vorsicht! Der nimmt noch Partei für diese Strolche, für diese Roten.

Gustav, das sind keine Roten. Das sind Schwarze!

Wat sind denn nu Schwarze? Quatsch! Schwarz, rot, allet gleich, allet eine Mischpoche, allet Kommunisten. Und mein Haus. Und gerade die. Und Busch auf die ihre Seite!

Nicht doch, Gustav, so isses doch nicht. Denk doch mal nach, ich meins doch nur gut. Taktik, Gustav, Taktik.

Der Busch hat ihn auf die Seite gezogen und flüstert und hat ganz kleine Schweinsäuglein.

Was kannste schon machen, Gustav. Nichts kannste machen! Denk doch an die Polente. Willste da jetzt hin? Willste da einen Aufstand machen? Die blasen dir eins. Weißte doch. Die ham anderes zu tun. Die schmeißen dich raus, Gustav.

Salbader, Salbader. Es ist mein Recht.

Türlich, Gustav, türlich, aber denk doch mal praktisch.

Wat soll praktisch.

Heute nacht! Zwei Betten!

Busch geradezu beschwörend. Matulla kaut auf der Unterlippe. Heute nacht. Und zwei Betten. Hm. Aber eins sagt er dem Busch gleich: Morgen ist er bei diesem Rechtsverdreher und klärt das alles und endgültig. Spätestens morgen.

Aber jetzt ist erst einmal Abend, und abends gibt es Abendbrot, eine warme Mahlzeit. Ein großer Topf wird hereingetragen von einem der jungen Männer, ein anderer nimmt die Kelle und verteilt Suppe auf die Teller, und sie setzen sich alle um den großen Tisch, Matulla steht abseits, Busch macht das schon, hat auch schon zwei Teller in der Hand, reicht Matulla einen herüber, bißchen Suppe kann nischt schaden, macht Matulla keinen arm damit, ist ja auch eine Selbstverständlichkeit, eine Christenpflicht, und überhaupt, in seinem Haus kann er das schon annehmen, und die wohnen ja auch hier!, aber eines kann er auf gar keinen Fall, hinsetzen kann er sich nicht zu denen, zu diesem lachenden schwatzenden neugierig linsenden bunten Haufen, wohingegen dieser Busch schon wieder herumscharwenzelt, sich schon wieder lieb Kind macht, sich jetzt umdreht, auf die beiden Stühle weist, die er frei gemacht hat für sich und Matulla, aber der schüttelt den Kopf, setzt sich an den Gartentisch neben dem Ofen, und Busch tritt von einem Bein aufs andere, seine Augen bitten und betteln, Gustav, nu sei doch nich so!, aber Matulla bleibt fest, wenn nich, denn eben nich, und da kommt Busch schließlich doch zu ihm herüber und setzt sich ganz brav an den kleinen Tisch, auch wenn er noch einen halb bedauernden Blick auf die große Runde wirft, ehe er damit beginnt, den dampfenden Pamps zum Abkühlen auf dem Tellerrand zu verteilen; er will sich ja nicht den Mund verbrennen.

Früh ist Matulla als erster wach. Draußen noch duster, im Haus alles still. Busch krächzt und dreht sich auf die andere Seite. Matulla schraubt sich hoch von der Matratze, tapert durch das Zimmer, geht erst auf das Klosett und dann die Treppe hinunter, Hunger hat er, und einen anständigen Kaffee braucht er, und jetzt sieht ihn ja keiner.

Den großen Raum findet er auf Anhieb, aber wo ist die Küche? Die Küche liegt gleich daneben, Matulla knipst das Licht an, meingott, sieht das hier aus! Berge von Geschirr, überall Krümel, volle Aschenbecher, leere Tüten. Kein sauberes Glas mehr, keine saubere Tasse. Matulla setzt Wasser auf, angelt sich aus dem Geschirrhaufen einen Tassentopf, spült ihn, schlenkert das Wasser aus, steht unschlüssig herum, sein Kaffeewasser kocht noch nicht, da kann er ja ruhig. Da muß doch mal Ordnung rein. Was die hier brauchen, ist einer, der hier Ordnung hält. Also das Spülbecken vollaufen lassen, Tassen und Teller rein, die Asche in den großen Müllsack, und nebenan den großen Tisch mal richtig abgewischt mitm Lappen, das ham die wohl schon tagelang nicht mehr gemacht, und das Handtuch fürs Geschirr liegt auch so herum, das braucht einen ordentlichen Platz.

Oje, sagt eine Stimme von der Tür her.

Da steht einer, noch halb im Schlaf.

Matulla wie ertappt.

Der andere will sich nur einen Pott Kaffee machen, und jetzt ist hier der Saubermachwahn ausgebrochen.

Matulla, der den ersten Schock überwunden hat, holt ihn gleich ran. Der kann mal das Abtrockentuch nehmen und das Geschirr wegräumen, wo kommt denn das hin?

Das Geschirr kommt in das olle Büfett da.

Also, dann mach mal.

Und da das Wasser schon lange kocht, kann Matulla gleich für zwei Leute Kaffee bruhen, warum nicht?

Das sitzen sie dann vor den dampfenden Kaffeetöpfen, und Matulla kann sich den Jungen so aus den Augenwinkeln ansehen, ein großer Kompakter mit weichem Gesicht.

Wie er denn heißt, der Junge.

Toni heißt er.

Und so früh schon auf? Oder noch?

Noch? Na, hörn Sie mal.

Toni muß raus wegen dem Job. Scheißjob. Um fünfe früh!

Wat heißt früh. Um fünf ist nich früh. Da hat er, Matulla, sein halbes Leben lang rausgemußt, um fünfe.

Das muß ein Leben gewesen sein.

Nu mach mal halblang. War alles nötig. Zuerst das Vieh, dann der Mensch. Schon als Kind. Hat ihm nichts geschadet, gar nichts. Kann man sich nicht früh genug dran gewöhnen.

Das schüttelt den Toni schon ob der Vorstellung. Sie ham vielleicht Nerven. Nee, danke.

Der kann ruhig du zu ihm sagen, der Toni.

Der Junge druckst ein bißchen.

Matulla wechselt das Thema. Wie das hier ausgesehen hat. Jungs. Das müßt ihr anders organisieren. So geht das nicht. Ihr habt doch Frauen hier. Solln die mal ran.

Die Frauen? Da kann der Toni nur lachen. Wo lebt denn der Alte. Und überhaupt, warum steht er denn schon um fünf in der Küche, statt auszupennen. Wenn er, der Toni, mal alles hinter sich hat, dann pennt er nur noch, das kann er ihm flüstern.

Daß er sich nur nicht wundert. Soll er erst mal in sein Alter kommen. Da ist nix mehr mit lange schlafen. Da geht einem manches im Kopp rum. Immer mehr. Je länger du lebst, desto mehr geht dir im Kopp rum.

Der Junge lehnt sich zurück, läßt einen breitgewölbten Bauch sehen.

Zum Beispiel, sagt Matulla, ihr Bande. Jetzt sitzt ihr mir im Kopp. Und das Haus. Son schönes Haus, und so verludert.

Der Junge winkt ab. Das Haus kommt doch weg. Abriß. Wär schon lange weg, wärn sie nicht reingegangen. Das kommt weg. Auf lange Sicht gesehen, können sie das sowieso nicht halten.

Matulla ganz ernst. Das kommt nicht weg.

Sprichts und schlägt, wie es seine Gewohnheit ist, mit der

flachen Hand auf den Tisch und geht wieder nach oben, wo Busch schon aufrecht im Bett sitzt, bißchen verdattert und dröge, nimmt sich ein frisches Hemd, zieht den guten Anzug über, kämmt sich und putzt sich, sieht sich im Zimmer um, ja, hier möchte er schon wohnen, schön groß ist es, mit Erker und Ausblick auf den Kinderspielplatz und weiter Sicht, und wenn noch paar gemütliche Möbel drinstehen, so eine Sesselecke und gegenüber der Fernseher, daß man die Beine langmachen kann und ein Bier nuckeln und den ganzen schönen Abend in den Kasten kucken, das wärs dann, reckt sich und streckt sich, verweist Busch, der schon wieder ungeduldig hin und her zappelt, aufs Warten, und lauert kurz vor zehn, geschniegelt und gebügelt, an der Ecke, an der gestern noch Busch auf ihn gewartet hat, sieht die Sekretärin aus einem kleinen silbernen Auto steigen, und eine Viertelstunde später rollt ein schwerer schwarzer Kasten vor das Haus, Matulla läuft los und ist schon an der Haustür, als der Mann in seinem staubgrauen Anzug und den gewichsten Schuhen gerade die Füße aufs Trottoir gestellt und den kantigen Aktenkoffer aus dem Auto gezogen hat, Rechtsanwalt Senfft. Erstaunen im gebräunten Gesicht, ein Griff mit der freien Hand an die Stirn, das ist doch der Herr . . . Herr . . .

Matulla, sagt Matulla, und er sagt, daß er den Herrn Rechtsanwalt sprechen müsse, unbedingt und sofort.

Sitzt Minuten später vor dem Schreibtisch im Büro, in dem alles in zarten Beigetönen gehalten ist, die Sessel aus Stahlrohr und rauchschwarzem Leder, Matulla lehnt sich zurück und schlägt die Beine übereinander, der Rechtsanwalt greift zu den Akten.

Wie es Herrn Matulla in Berlin gefalle.

Hat sich verändert.

Das schon, und wenn wir ehrlich sein wollen, nicht immer zu seinem Vorteil. Aber Leben ist doch.

Leben ist schon.

Ob er gut untergekommen sei.

Vorzüglich.

Wo denn, wenn er fragen dürfe. Er brauche die Adresse wegen möglicher Rückfragen.

Matulla nennt die Adresse.

Der Rechtsanwalt nickt und schreibt, und mitten im Wort hebt er den Kopf.

Moment mal, das ist doch ...

Ja.

Und Sie sind einfach ...

Sein Haus, sein Recht.

Erstaunlich, erstaunlich. Und das geht?

Um das zu klären, sei er ja hier.

Also zur Sache. Natürlich könne er ihm alles noch einmal erläutern. Ist ja eine komplizierte Materie. Überhaupt sei alles viel komplizierter geworden. Wie war doch früher alles einfach, das Bauen zum Beispiel, da hat keiner danach gefragt, wenn ein ganzes Karree einfach wegkam und ein Jahr später stand schon etwas Neues darauf. Und heute? Vorschriften über Vorschriften. Mitsprache! Wenn er das schon höre! Wer hat da noch Freude zu bauen?

Matulla räuspert sich.

Dann soll der Herr Matulla einmal näher treten. Der Rechtsanwalt schlägt die Akten auf, fährt mit dem Finger über die Baupläne, zeigt auf schraffierte Rechtecke, hier soll der Geschäftstrakt hin und hier der Dienstleistungstrakt, beste Entwürfe, beste Rendite, Fünfstockneubau, vollklimatisiert.

Wieso neu, sagt Matulla, der sich über den Schreibtisch gelehnt hat. Das kann doch aufgeputzt werden.

Der Herr Matulla müsse verstehen. Sanierung sei das eine, Neubau das andere. Beide Alternativen hätten zur Debatte gestanden. Man habe sich deshalb für die zweite entschieden, weil . . .

Wer hat entschieden?

Die Projektgruppe, deren Vertreter er sei, im Auftrag der Erben.

Er sei ein Erbe!

Na, eben. Deshalb redeten sie ja zusammen.

Der Rechtsanwalt mit sanfter, erläuternder Stimme. Matulla kurz, knapp, fordernd.

Er frage noch einmal, weshalb so entschieden worden sei.

Sehen Sie, sagt der Rechtsanwalt, der Quadratmeterpreis im Zuge der Altbausanierung würde um zweiundsiebzig Prozent, im Zuge des Neubaus aber um hundertsechsundachtzig Prozent steigen, und das ist doch wohl ein Argument.

Matulla, der wieder im Sessel sitzt, zieht die Mundwinkel herab.

Und das alles bei nur wenig höherer Gesamtinvestition.

Matulla schweigt.

Das sei doch einsichtig?

Matulla sagt nichts.

Und außerdem sei alles projektiert und . . .

Und diese jungen Leute da?

Die müßten natürlich raus.

Jetzt?

Wenns nach ihm ginge – schon. Aber das sei eine komplizierte Angelegenheit. Man müsse mit aller Behutsamkeit vorgehen. Den rechten Moment abwarten. Matulla verstehe: die Öffentlichkeit. Aber er brauche sich diesbezüglich überhaupt keine Sorgen zu machen. Wenn der Zeitpunkt gekommen sei, dann.

Wann sei der Zeitpunkt gekommen?

Das könne noch dauern, könne schnell gehen. Zum Beispiel sei eine Voraussetzung für eine unkomplizierte polizeiliche Maßnahme seine Einverständniserklärung zu dem Projekt. Und er wolle doch auch, daß die jungen Leute da schnell hinauskämen.

Er hätte nichts dagegen. Dagegen nicht.

Dann brauche er seine Unterschrift ...

Matulla hebt beide Hände. Ihm leuchte das alles nicht ein. Er habe ein Haus geerbt, schön. Das sei nun seins, auch schön. Aber nun sei alles schon geplant, stünde alles schon fest, und er könne gar nichts mehr sagen? Als Eigentümer? Das leuchte ihm nicht ein.

Es seien eben die beiden anderen Erben da, und er, Matulla, habe ja erst ausfindig gemacht werden müssen.

Die anderen seien weit. Australien! Die wüßten doch gar nichts. Die hätten das Haus ja noch nicht einmal gesehen.

Dafür sei er ja da. Als Bevollmächtigter.

Aber wenn Matulla, mal angenommen, das Haus behalten wolle, so wie es ist, nur mal angenommen.

Der Rechtsanwalt macht ein Gesicht, als habe er nicht richtig verstanden.

Ob dem Herrn Matulla etwas entgangen sei. Dieses Projekt sei die ebenso kostengünstigste wie gewinnbringendste Variante, und beim derzeitigen Stand der Planung könne er ihm für eine eventuell beabsichtigte Änderung ohnehin wenig Hoffnungen machen.

Wat heißt Hoffnungen. Isses sein Haus oder isses nicht?

Das wolle er ja gar nicht bestreiten, aber.

Nischt aber! Er läßt sich doch nicht. Wie das ruiniert ist, das schöne Haus. Das hätte der alte Wiczorek mal sehen sollen. Im Grab würde der sich umdrehen. Ein so schönes Haus so verkommen zu lassen. Und jetzt will er ihm noch eins sagen, ein für allemal. Nichts ist mit Abreißen, nichts mit Neubau!

Noch sanfter wird die Stimme des Rechtsanwalts, er solle

sich beruhigen, der Herr Matulla, es sei doch alles auch in seinem Sinne.

Matulla schnauft vor Anstrengung, nein, auch mit Beruhigen ist nichts. Das wird aufgeputzt. Soll der Herr Senfft mal seinen, Matullas, Plan sehen!

Und erhebt sich, steif und abweisend, hört schon gar nicht mehr hin, wie der Rechtsanwalt ihm zuredet, er möge alles noch einmal überschlafen. Dem hat ers gegeben. Die kriegen alle ihr Fett.

Und durch das Vorzimmer mit steifem Hals, und die Tür fest hinter sich zugezogen. Und wäre Matulla jetzt stehengeblieben und hätte sein Ohr an die Tür gelegt, wie er es im Heim an der Neuen Brücke öfter getan hat, wenn er wissen wollte, was die anderen über ihn reden, würde er eine Veränderung in der Stimme des Herrn Senfft wahrgenommen haben, der, kaum daß Matulla das Zimmer verlassen hat, sich mit dem Bauamt verbinden läßt, dringend, sagt er mit überraschend energischer Stimme zu der Dame im Vorzimmer, und er sagt: Eh der alte Zausel uns Ärger macht.

6

Die Sonne scheint, es ist warm, im Backsteinhaus wird gehämmert, gesägt, gebohrt, und über den Hof kommt Matulla, die Ärmel aufgekrempelt, in jeder Hand ein Gerümpelstück, das er auf den Haufen neben der Einfahrt wirft, jetzt wolln wir mal Grund reinbringen. Bierbüchsen, Holzreste, alte Zeitungen, Tapetenfetzen. Im Hausflur das Baumaterial – so ein Durcheinander. Matulla greift einen Zementsack, versucht ihn über den Boden zu schleifen – zu schwer. Ein Schwarzgefärbter mit lilaner Strähne läuft vorbei, sieht Matulla, geht zu ihm, faßt an die andere Seite des Sacks – immer noch zu schwer. Hej, Kalle, ruft er über den Hof, wo ein kleiner Dünner mit nacktem Oberkörper am Fenster sitzt, faß doch mal mit an.

Hier kommt das hin, sagt Matulla und zeigt auf die Nische im Flur, hier stapeln wir das.

Den Schutt neben der Tür zum Keller karrt Matulla zur tiefsten Stelle des Lochs im Hof; er fegt den Flur vom zweiten Stock bis zum Parterre und vermißt mit einem Zollstock die Wände in der Küche, Busch geht ihm zur Hand.

Abends sitzt Matulla an der aufgebockten Tischplatte in seinem Zimmer, über Papier gebeugt, einen Stift in der Rechten, ein Lineal in der Linken: Busch, ich brauch Grün.

Grün? Woher soll ich Grün nehmen?

Busch raus, Matulla zieht Linien, Busch wieder rein: Grün.

Matulla zeichnet einen Aufriß vom Vorderhaus, einen Aufriß vom Hinterhaus. Matulla zeichnet einen Grundriß von seiner künftigen Wohnung: zweiter Stock, vorne raus, mit Balkon. Der zweite Stock ist der beste, nicht so nah an unten, wegen dem Lärm, und zwei Treppen schafft man immer.

Matulla zeichnet die Hausfassade, Matulla zeichnet den Hof: in der Mitte die olle Kastanie, und denn bißchen Rasen ringsum und paar Sträucher am Rand. Na, wat sagste.

Busch staunt nur, und plötzlich stehen zwei Mädchen im Zimmer, eine davon ist die Schwarzhaarige, und die sagt: Na, wie gehts euch beiden?

Matulla, wie üblich, erst mal pikiert. Die hätten auch anklopfen können, auch wenns Frauenzimmer sind. Das gehört sich.

Busch ist ganz begeistert: Na, gut gehts, und kuckt mal, was der Gustav hier gemalt hat. Is det wat?

Und zeigt auf das Blatt mit der Fassade und dem Hof, und das schwarze Mädchen, das hier Alla genannt wird, nimmt es in die Hand und staunt auch. Das ist aber schön. Wo haben Sie denn das gelernt?

Matulla geschmeichelt. Gelernt ist gelernt. Oberschöneweide! Da hat er noch ganz andere Sachen gemacht. Von der Pike auf. Konstrukteur hat er mal werden wollen. Aber dann ist ihm einiges dazwischengekommen. Da hat er rangemußt, arbeiten. Da hat ers nicht so gut gehabt, wie sie heute, alles bezahlt kriegen, nee, nee.

Nu übertreiben Sie mal nicht, sagt das Mädchen neben der Alla.

Und das schwarze Mädchen, die Alla, sagt: Warum soll das Loch auf dem Hof zugeschüttet werden, warum alles so eben, warum nicht ein bißchen Abwechslung, terrassenförmig vielleicht?

Ja, sagt Busch, warum so gerade. Stimmt eigentlich, Gustav, ist doch eine gute Idee. Kann man sich unten reinsetzen im Sommer, und für die Kinder, die können klettern ...

Nee, kommt nicht in die Tüte. Ein Hof muß gerade sein, muß doch seine klaren Linien haben, sagt Matulla und schluckt an seinem Speichel, weil die schwarze Alla in ihrem Seidenfummel, der früher mal ein Unterrock war, sich über ihn beugt, um das Blatt mit der Hausfassade zu greifen, Mensch, das nimmt einem ja die Puste.

Also, über den Hof kann man streiten, sagt die Alla. Aber die Fassade ist wunderschön. Aber teuer. Das wird teuer werden.

Ein bißchen was reinstecken muß man schon, sagt Matulla nach einer Atempause. Das macht er schon alles. Dazu sind ja die Banken da. Er hat doch was zu bieten als Sicherheit.

Wirklich, das hätte sie ihm gar nicht zugetraut.

Nicht wahr, sagt Busch, das kann er.

Ja, sagt die Alla und fährt dem guten Matulla mit der Hand über den Kopf, daß ihm ganz komisch wird im Magen, und husch, wie der Wind, sind sie wieder raus aus dem Zimmer, die Alla und das andere Mädchen. Busch guckt ganz verdreht zur Tür und dann auf Matullas Zeichnungen und sagt: Schön, wirklich schön.

Matulla wischt sich den Schweiß von der Stirn und sagt: Wo ist denn nun wieder das Grün! und nimmt sich ein neues Blatt und zieht Striche. Terrassen, son Quatsch. Aber probieren kann man ja mal. –

Am nächsten Morgen, wie alle beim Frühstück sitzen, steckt Matulla den Kopf durch die Tür und sagt: Herrschaften, die Frist ist verlängert! Auf vier Wochen!

Die grinsen über das ganze Gesicht, diese jungen Leute, und Matulla weiß nicht, freuen die sich nun oder machen die sich lustig über ihn.

Wenn Matulla nicht räumt oder mißt oder zeichnet oder plant, geht er mit Busch durch die Stadt, einkaufen, oder sie klappern die Banken ab. Matulla zieht Erkundigungen ein, wie das jetzt ist mit den Hypotheken, den Krediten, läßt sich beraten, vergleicht Zinssätze, Kreditbedingungen. Busch wartet, wie immer, draußen; einmal findet Matulla ihn wieder vor dem Kanal, da steht er und starrt in die trübe, träge dahinfließende Brühe und seufzt, Matulla legt ihm die Hand auf die Schulter und sagt: Laß mal gut sein, es ist lang genug her.

Busch löst sich von dem eisernen Geländer und ist für eine Weile ganz still.

Im Haus geht alles seinen alltäglichen Gang. Mal sind die jungen Leute wie vom Teufel geritten, alle hämmern, alle räumen, alle streichen, bohren oder schleifen, mal dösen sie so vor sich hin, liegen auf dem flachen Dach im Seitenflügel, wie Gott sie erschaffen hat, und lassen sich von der Sonne braten, mal springen ein paar in die klapprigen Autos und fahren nach Tegel zum Flughafensee.

Manchmal aber ist das Haus wie leergefegt. Matulla ist aufgefallen, wie die jungen Leute vorher durchs Haus liefen, ganz aufgeregt, ganz zornig, dann sammeln sie sich im Hof und ziehen ab, trotz der Hitze in dicken Lederjacken und mit schwarzen Tüchern um den Hals, für die nächste Zeit hört Matulla von ferne ein dauerndes Geheul von Polizeisirenen, und irgendwann nach drei, vier Stunden trudeln die Leute wieder ein, in kleinen Gruppen meist und mit fröhlichen Gesichtern, ein Junge aus dem dritten Stock, den sie Wolle nennen, hat ganz rußige Hände und trägt sie wie eine Fahne vor sich her, er wäscht sich den ganzen Abend nicht, und sein Kindergesicht unter den krausen Haaren leuchtet richtig vor lauter Stolz, am Tisch stecken alle die Köpfe zusammen, Matulla hört Worte wie Wanne und Molli und Bank und rin das

Ding und wie das gerummst hat, und dann sind sie alle ganz vergnügt. Hinterher oder am nächsten Tag geht es ins Nebenzimmer, wo auf dem rissigen Vertiko ein großer Schwarzweißfernseher steht, das Bild hat an beiden Seiten schon eine leichte Delle, alle hocken sich drum herum, Matulla riskiert einen Blick von der Tür her, sieht die dicken Onkels von der Abendschau, hört ihre munteren Stimmen, die plötzlich einen ängstlichen oder beleidigten Unterton kriegen, wenn sie erzählen, daß es nach irgendeiner Demonstration zu Auseinandersetzungen gekommen ist zwischen Polizei und militanten Störern und daß die Polizisten Tränengas einsetzen mußten und soundso viele Verletzte haben, und dann der Sachschaden, und war eben noch alles ganz still im Raum, fängt es nun zu brüllen an, Hoho und Haha, und einmal ganz kurz nur und ohne Ton, sieht Matulla die Bilder von einem Haufen, der durch die Straßen zieht, vorneweg die schweren Polizeiautos mit ihren blinkenden Lichtern und dahinter auch, und ringsherum und nebenher die Polente mit Schutzschilden und langen Stöcken und Helmen, die bis ins Genick reichen, ganz dicht um den Haufen mit seinen Fahnen und Transparenten herum, so daß sich Matulla an die Gefangenenkolonnen in den Breitwandfilmen über das alte Rom erinnert, die er früher immer so gern gesehen hat. Eines aber will ihm nicht einleuchten – daß diese jungen Leute hier, die jeden Abend ganz vergnügt um den großen Tisch sitzen und ihre Suppe löffeln, und jener grimmige Haufen im Fernsehen dieselben sein sollen, nein, da sperrt er sich gegen, da würde ihm nachts richtig unheimlich werden. Er und dieser Haufe unter einem Dach? Unmöglich.

Wenn Matulla nicht plant oder zeichnet oder die Banken abklappert, guckt er sich, unauffällig und so im Vorbeigehen, die Leute, die in seinem Haus wohnen, etwas genauer an. Komische Jungs, nich ein bißchen adrett, schlampige Lederhosen und Jacken, die ganz bekliert sind mit Zeichen und Sprüchen, manche haben Ketten um den Hals oder einen Ring im Ohr. Und die Mädchen erst, bemalt und behängt und mit pludrigen bekleckerten Hosen oder Röcken wie'n ganzer Zigeunerstamm, manche aber auch mit Röcken, die wiederum kaum welche sind, so kurz sind sie, und dann sitzen die auch noch so da, die Beine hochgezogen, richtig schamlos.

Manchmal ißt Matulla im Zimmer, manchmal auch unten, sogar am großen Tisch hat er schon gegessen, Busch war ganz glücklich, die schwarze Alla hat ihn angelacht. Aber wenn die anderen anfangen zu erzählen, versteht Matulla nur Bahnhof. Wo kommen die wohl her, was sind das für welche, ein Rätsel.

Busch weiß natürlich alles wieder ganz genau. Einmal, Matulla sitzt noch am großen Tisch und raucht, ruft jemand etwas so Schrilles, Langgezogenes durch die Flure und über den Hof, daß Matulla Sekunden braucht, ehe er das Wort Plenum erkennt, und plötzlich strömen wieder alle in den Raum, den sie gerade verlassen haben, schnappen sich Kaffeetassen und Aschenbecher, und die Versammlung fängt an. Aber was heißt hier Versammlung. So etwas hat Matulla noch nicht erlebt. Das ist ein Gekicher, ein Gelache, ein Gejohle, kaum fängt einer an zu reden, muß ein zweiter schon Ruhe! rufen und daß man den andern endlich mal aussprechen lassen soll. Vergeblich sucht Matulla nach einem Versammlungsleiter, der mal richtig eingreift und für Ordnung sorgt, so wie er es von früher, von der Gewerkschaft her kennt: ein Thema wird unterbreitet, diskutiert und per Handzeichen zum Beschluß gebracht. Aber nichts von dem findet hier statt, das springt von einem Thema zum nächsten und wieder zurück, redet hitzig, daß alle dazwischenbrüllen, redet leise, daß vor lauter Pscht-Rufen nichts zu verstehen ist, und von Abstimmung nicht die geringste Spur. Es wird tatsächlich so lange palavert, bis alle irgendwie einverstanden sind und zustimmend nicken oder abwinken oder Na, schön! sagen oder So gehts auch!, Matulla brummt der Schädel von all dem Gesäusel, das durch seine Ohren geht, paar Wörter bleiben hängen und rumoren in seinem Kopf, aber was soll er schon anfangen mit einem Konsens oder Schweinesystem, mit Maximalrandale oder Strategiediskussion. Erschöpft läßt er sich zurückfallen auf seinen Stuhl, pustet die Luft aus den Lungen und überlegt, was er heut abend noch alles anfangen könnte, da beugt sich der Busch zu ihm herüber, hält ihm eine gedrehte Zigarette hin und erklärt ihm so nebenbei, wer hier wer ist.

Irgendwie hat der Busch so ein Geschick. Zu dem haben die Leute irgendwie ein Vertrauen. Warum, weiß Matulla auch nicht. Aber er weiß nun, daß der kleine Dünne, der sich in einem fort reckt und den Mund öffnet, als wolle er etwas sagen, aber nie auch nur einmal hörbar zu Wort kommt, aus einer Familie stammt mit sieben Kindern, Vater säuft, Mutter säuft, und er hat auch gesoffen, aber jetzt säuft er nicht mehr oder nicht mehr soviel, und eine Lehrstelle hat er jetzt auch und hat nur Schwierigkeiten mit dem Aufstehen, wobei ihm der Zottelige hilft, der die Wörter so rollt, als hätte er eine heiße Kartoffel im Mund, weil, er ist aus Franken und heißt Ecke und macht gerade die elfte Klasse nach, aber geht schon mit Karl-Otto, dem Blonden mit den flockigen Haaren und dem Kaffeekinn, einmal in der Woche an die Uni zum Ökonomie-Kurs, aus reinem Interesse.

Das weiß Matulla nun, und er weiß auch, daß die Alla aus Zehlendorf kommt, wo ihr Vater eine Villa hat und ein hohes Tier ist bei der Justiz, aber er redet seit einem halben Jahr nicht mehr mit ihr. Weiß nun, daß das Mädchen mit dem runden Gesicht und den krausen Haaren, die auf einer Seite bis zur Schulter, auf der anderen gerade bis zum Ohr reichen, mit dem langen Peter geht und ein Kind von ihm will, aber er nicht. Und weiß dies und das, wer studiert und wer arbeitet, wer keine Arbeit kriegt und wer keine will. Er staunt nur so über den Busch, was der alles schon weiß über die Leute, guckt aber kaum hin zu ihnen, nur manchmal zur Alla, die schräg gegenüber sitzt und erst leise, dann heftig darauf beharrt, daß mehr als sieben Tiere die Belastbarkeit des Hauses übersteigen, und eine Katzensperre für die Waldemar hundertzweiundfünfzig fordert, später dann, die Diskussion ist noch im Gange, zu ihnen herüberkommt, eine Bierflasche in der Hand, die sie erst Busch, dann Matulla hinhält, Busch trinkt natürlich, Matulla schließlich auch, und wie sie ihn anlächelt, Mensch Meier!

Abends, im Zimmer, sie liegen in den Betten, Busch dreht eine Zigarette, reicht sie Matulla, dreht noch eine, für sich, sagt Busch ganz träumerisch: Ja, die Alla . . .

Matulla raucht.

Oder wär das nichts, Gustav?

Matulla zieht ein Gesicht.

Busch kommt ins Schwärmen. Ja, als er noch jung war. Ja, die Mädchen. Jung müßte man noch mal sein. Und wie er seine Lene gefunden hat. Die hatte Augen! Das hätte Matulla mal sehen sollen. Die konnte kucken, da wurde einem ganz komisch um die Rosette. Aber eigentlich hat er sie gar nicht gefunden – sondern sie ihn.

Matulla starrt an die Decke.

Busch kommt so richtig in Fahrt.

Sie hatte son Kleid an, so oben mit Passe und reine Seide, und die Zöppe, ganz dünne Zöppe. Und er sagt noch zu seinem Freund Olk, Werner Olk, du weißt doch, Gustav, von dem hab ich dir doch erzählt? – also Busch fragt den noch: Wer is denn die mit die Zöppe?

Matulla steht auf, tritt ans Fenster. Die Straße im Abendlicht, eine Kneipe, eine Bar. Immer noch spielen die türkischen Kinder auf dem Platz hinter dem Drahtkäfig. Von irgendwoher diese dudelnde Musik. Das weiß Matulla noch ganz genau: wie seine Frau Ilse über die Straße ging, die Tasche in der einen, das Netz in der anderen Hand, und son schmaler Rücken. Und wie er stand und rufen wollte: Bleib doch, geh doch nicht weg!, und wie er es nicht konnte, einfach nicht über die Lippen brachte. Soll sie doch abhaun.

Ja, sagt Busch, sie ist an unserem Tisch vorbeigegangen und hat nur einen Blick geworfen, so über die Schulter, und als ich aufs Klo ging und wieder runterkam, hat sie im Vorraum vorm Spiegel gestanden und sich die Haare gemacht, ich mußte direkt vorbei, ich weiß noch, ich wollte mich auch kämmen, aber ich hab mich nicht getraut, und hätte sie nicht was gemacht, na, ich weiß nicht . . .

Und wie dann die Bahn kam, und wie sie einstieg und sich umdrehte und ihn ansah, das weiß Matulla noch ganz genau, und wie er sich umdrehte und wegging, noch bevor der Schaffner abgeklingelt hatte.

Ja, sagt Busch, ohne Frau – das is nur das halbe Leben.

Quatsch, sagt Matulla vom Fenster her, das kannste auch alles fürn Fuffziger haben an der Ecke und hast sie nicht aufm Hals.

Na, ich weiß nich, sagt Busch.

Und im Grunde, sagt Matulla, wenn du das mal nachrechnest, jede Woche einmal, ist es über die Jahre auch wirtschaftlicher. Weiber kosten nur.

Und dann liegt Matulla im Bett, und Busch summt noch so ein bißchen vor sich hin, und Matulla kriegt das Bild nicht aus seinem Kopf von seiner Frau in der Tür von der Straßenbahn, und wie sie ihn ankuckt, und jetzt sieht Matulla die Wohnküche in Arnstadt und wie er die Tür vom Küchenspind aufreißt und alles Geschirr mit der Hand rausfegt, und das Gesicht seiner Frau, und dann zwingt er sich, an etwas anderes zu denken, sieht seinen Hof, wie er ihn sich vorstellt, alles grün, schöne Sträucher, und in der Mitte der Kastanienbaum, und, schattenhaft, das lachende Mädchen Alla, und er wird ganz ruhig und schläfrig, etwas summt melodisch in seinen Ohren, und er sieht ein weiches schaumiges Rot, und dann fällt er in ein samtenes Schwarz, und plötzlich ist Lärm von irgendwoher, Buschs Stimme ganz aufgeregt: Gustav! Gustav!, Matulla kommt schwer aus dem Schlaf, es ist stockdunkel im Zimmer, ein dumpfes Poltern, ein Krachen, Busch sagt: Da ist doch was los!, Matulla horcht, der Busch hat vielleicht einen Schiß!, und dann wird die Tür aufgerissen, und eine Stimme ruft: Aufstehn! Durchsuchung!, und etwas Grünes Martialisches Aufgeputztes steht vor Matullas Bett, und der richtet sich auf und sieht in das verblüffte Gesicht eines Polizisten.

Gleich sind zwei Grüne im Zimmer, da heißt es: Hopp, hopp, ein bißchen Beeilung die Herrschaften und die Ausweispapiere nicht vergessen. Busch hält die schlappen Hosen an der Hüfte zusammen und versucht den Grünen klarzumachen, wer Matulla ist, doch der zieht ihn am Arm zurück. Na, willste nich doch den Brief zeigen, fragt Busch leise und verschüchtert, er weiß schon, wenn Matulla so ein Gesicht macht, ist nicht gut Kirschen essen mit ihm.

Jetzt müssen sie raus aus dem Zimmer, runter in den Flur, da stehen auch schon die anderen, schlaftrunken und halb angezogen, die einen sind ganz fassungslos, die anderen kochen vor Wut. Einer fragt mit gepreßter Stimme nach der Rechtsgrundlage. Der Grüne neben ihm tut ganz beiläufig: Nehmen wir mal an, Stromdiebstahl. Die schwarze Alla ballt die Hände und macht einen Schritt auf den Grünen zu. Der lange

Junge hält sie zurück. Busch sagt: Nich doch, Mädchen, das hat doch keinen Zweck! Dann will er die anderen als Zeugen aufrufen, damit sie bestätigen, wer Matulla ist, aber der zischt nur: Schweig still!

Dann müssen sie hinaus auf die Straße, einer nach dem anderen wird an einen Polizeibulli geführt und muß seinen Ausweis hingeben, auch Busch, auch Matulla, dann hinter die Absperrung und warten. Das dauert eine halbe Stunde, das dauert eine Stunde, die Grünen gehen rein, die Grünen gehen raus, wat machen die da, fragt Busch, Matulla reagiert gar nicht.

Dann dürfen sie wieder ins Haus, die Einheit zieht ab, sie kommen ins Zimmer: alles durchwühlt, Matullas Zeichnungen sind überall verstreut, und das Bettzeug liegt auf der Erde ...

Am nächsten Morgen sitzt Busch am Tisch, Matulla geht im Zimmer auf und ab, die Hände auf dem Rücken, und er diktiert. Busch schreibt.

Matulla diktiert: Sehr geehrter Herr Bürgermeister Ausrufezeichen neuer Absatz – als Eigentümer des Hauses Waldemarstraße hundertzweiundfünfzig Komma möchte ich mich beschweren ...

Busch sagt: Schreib doch: muß ich mit dem Ausdruck größter Empörung ...

Gut, sagt Matulla. Empörung ist gut.

Stimmenlärm, Geschrei, Gebrüll, Matulla verzieht das Gesicht, das kommt von unten, aus dem großen Raum, wo sich alle versammelt haben und diskutieren, das heißt, es brüllen alle durcheinander, Matulla hört die Stimmen der schwarzen Alla, des dicken Toni und des Schwarzgefärbten mit der lilanen Strähne, was soll man jetzt machen, das ist Terror, früh um vier, wie bei den Nazis, ach quatsch nich son Blödsinn, zurückschlagen, Protestdemo, nicht auf sich beruhen lassen, die Sache politisch aufrollen, Matulla schließt das Fenster, setzt seinen Gang durch das Zimmer fort und diktiert: ... sehe ich durch das gewaltsame Eindringen der Polizei in das mir gehörende Mietshaus ...

Matulla sagt: Lies mir das letzte vor.

Busch liest das letzte vor.

Matulla sagt: ... den Tatbestand des Hausfriedensbruchs erfüllt Komma und ich fordere die sofortige Einleitung eines ... na, wie sagt man? ... Strafverfahrens ...

Man sagt: Dienstaufsichtsbeschwerde, sagt Busch.

Also: ... einer Dienstaufsichtsbeschwerde gegen die betreffenden Beamten sowie ..., sagt Matulla und geht auf und ab, Busch wiederholt: ... sowie ..., und Matulla fährt fort: ... sowie die sofortige Räumung des mir gehörenden ...

Aber, sagt Busch, Gustav, das kannste nich machen.

... Räumung des mir gehörenden Mietshauses ...

Matulla diktiert nachdrücklicher, nachdrücklichst, aber Busch hat aufgehört zu schreiben, sagt: Gustav, überleg doch mal.

Was soll er überlegen? Soll er vielleicht ewig hier rumhokken und sich von den Grünen morgens um vier aus dem Bett holen lassen! Stromdiebstahl! In welcher Gesellschaft sind wir denn, Busch. Ich bin doch kein Krimineller. Schluß jetzt damit. Klare Fronten. Also schreib.

Nein, sagt Busch.

Was? sagt Matulla.

Busch sagt: Nein.

Hör mal, sagt Matulla.

Busch schüttelt den Kopf.

Schlappschwanz, sagt Matulla.

Busch sagt, das sei ungerecht.

Wo stehst du denn, sagt Matulla.

Busch sagt: Gustav.

Schon immer haste mit denen rumgekungelt, sagt Matulla. Immer hinter meinem Rücken. Meinste, ich hab nichts gemerkt? Angeschmiert haste dich. Widerlich. Was haste denn alles ausgeheckt mit denen?

Busch schweigt.

Ich bin kein Sozialheim, sagt Matulla, ich hab mir mein Leben lang nichts zuschulden kommen lassen. Polizei. Fahndungsbuch. Nein.

Und Matulla sagt: Eines solle Busch sich mal klarmachen, er habe es seiner, Matullas, Großmütigkeit zu verdanken, daß er hier stehe und nicht im Männerheim an der Neuen Brücke in Fellbach.

Großmütigkeit, fragt Busch leise.

Jawohl! Großmütigkeit! Sein halbes Leben habe er sich das Gequatsche von Busch angehört, zum Hals komme es ihm raus, seine Lene vorne, seine Lene hinten, und überhaupt, nachgestiegen sei er ihm doch nur, weil er gedacht habe, er könne seinen Schnitt machen bei der Erbschaft, Erbschleicherei sei das, nichts anderes!

Matulla außer Atem.

Busch ganz still. Wie'n geprügelter Hund. Schleicht zur Ecke, kramt in seinen sieben Sachen herum.

Matulla atmet aus, das hat Wirkung gehabt. Jetzt ist ihm leichter. Na, is ja auch wahr. Immer um ihn rum, die ganze Zeit. Er hätte doch nachkommen können, später.

Busch steht da, eine alte Tasche in der Hand.

Busch atmet tief ein. Das Restgeld liegt aufm Tisch, Gustav.

Matulla: Nu biste auch noch beleidigt.

Na ja, sagt Busch wie abschließend.

Was solln das mit der Tasche, sagt Matulla.

Und Busch sagt: Also dann.

Und geht zur Tür.

Busch, sagt Matulla.

Jetzt ist Busch an der Tür.

Du bist aber auch empfindlich, sagt Matulla.

Jetzt drückt Busch die Klinke herunter.

Jetzt dreht er sich um und guckt Matulla an.

Mensch, den Blick kennt Matulla. So hat ihn schon einmal jemand angeguckt.

Au, sagt Matulla und stützt sich mit der einen Hand auf den Stuhl und greift mit der anderen an seinen Oberschenkel.

Busch, sagt Matulla stöhnend, das verfluchte Bein.

Das, sagt Busch, bevor er die Tür schließt, das laß ich mir nicht nachsagen, Gustav, das nicht.

Da steht Matulla noch einen Moment auf den Stuhl gestützt, das Gesicht schmerzverzerrt, Mensch, der meint es ernst, dann packt ihn die Wut: Trottel, schreit er, verdammter alter verkalkter Trottel!, und er schlägt mit der Faust auf den Tisch, erwischt erst den Brief, dann die Zeichnungen, zerreißt sie in tausend Fetzen, schmeißt sie durchs Zimmer, ach, Scheiß, soll er doch abhaun.

7

Fragt einer Busch später, wie lange er in Matullas Haus gewohnt hat, legt Busch die Hand an den Kopf und denkt nach, ohne Ergebnis freilich, ein paar Wochen vielleicht, sechs oder acht oder zehn, wer weiß? Es ging alles so schnell, es war soviel los, immer was Neues.

Wie lange Zeit es gedauert hat, weiß Busch nicht mehr, aber er beginnt sofort zu erzählen, von der schwarzen Alla zum Beispiel oder von der Geli mit der großen Brust, und einmal, als Straßenfest war, Mensch, diese Leute da, so was hat die Welt noch nicht gesehen, so Kahlköpfige mit in der Mitte die Haare wie Federn aufgestellt, wie Indianer, ja, und Jungs mit Kleidern, manche ganze lang wie die von seiner Lene früher, und mitten auf der Straße plötzlich son Gedudel, Tadüdeladei, mit soner Art Flöte, und eine Pauke auch, und drum herum eine ganze Türkenfamilie, vom Opa bis zum Enkel, untergehakt und die Beine geschmissen, und immer schneller, und am Platz hinten ein Krach, na, diese Musik, die die jungen Leute heute hören, für ihn ist das ja nichts, hat er gedacht, aber dann hat er sich doch auf den Rasen gelegt und eine Büchse Bier getrunken, und das war auf einmal richtig schön, so der Rhythmus, und wie die gesungen haben, und die Kinder, so viele Kinder, er hat auch immer gern welche gewollt, und seine Lene ja auch, aber es war ihnen nicht vergönnt.

Und wenn sie im Haus alle zusammengesessen haben, das Essen am Abend, und das Frühstück, das sich manchmal von fünf Uhr früh bis nachmittags um zwei hingezogen hat, bergeweis Schrippen und literweise Kaffee, da hat Busch nach einer Weile zu unterscheiden gelernt zwischen den einzelnen Leuten, wer mit wem konnte und wer mit wem nicht, aber warum es so war, daß zwischen dem schönen Guido und der Alla oder zwischen dem Schwarzgefärbten mit der lilanen Strähne und dem blassen Kuno, der sein Geld mit Blumenverkaufen verdiente, Sätze wie Pfeile so spitz hin und her fliegen konnten, das ging dem Busch erst viel später auf, als er einmal so alle im Blick hatte, jene, die ihre Reden heftig gestikulierend und mit blitzenden Augen hielten, und jene, die still saßen, die Zigarette im Mundwinkel und ganz verhalten, da hat er zu unterscheiden gelernt zwischen den Darstellern und den Zeitungslesern, den Gefühlsmenschen und den Kopfmenschen, den Lachenden und den Lächelnden, den Brüllenden und den Gereizten, die sich alle so heftig streiten konnten, daß es aussah, als könnten sie sich nie mehr unter die Augen treten, aber irgendwann, am Ende des Streits oder am nächsten Tag, lagen sich alle in den Armen, und es war wieder wie vorher.

Und die Sprache! Eine ganz neue Sprache hat Busch gelernt, in der es nur so wimmelt von Abkürzungen und Übertreibungen, in der eine Grüne Minna Wanne heißt, in der einer, der sich in den Wörtern vergreift, total daneben liegt und in der ein anderer, der es verschlampt, pünktlich für Essen zu sorgen, es einfach nicht auf die Reihe gekriegt hat, und wenn jemand einen anderen nicht leiden kann, dann kann er den einfach nicht ab, und echt ist das häufigste und total das zweithäufigste Wort, und in der Zusammensetzung meinen sie das, was Busch in seiner Jugend als wahnsinnig toll bezeichnet hat. Und gelernt hat Busch auch, wie man mit Spucke, dem Weißen vom Ei und Kernseife die Haare so storrig machen kann, daß sie kaktusartig in die Höhe stechen;

und gelernt hat er, daß Oberbekleidung grundsätzlich verkehrt herum angezogen wird; und dann hat er noch gelernt, wie er reden muß, um beim Sozialamt oder bei der Kirche als Härtefall zu gelten, damit er Kohle, also Knete, also Geld lokkermachen kann für sich und sogar noch für Matulla, denn für den wäre es unter seiner Würde gewesen, um paar Mark zu betteln beim Staat oder bei den Pfaffen. Matulla hat immer nur gebrummt und die Taschen nach außen gekehrt, und dann ist Busch losgezogen, und wenn er wieder da war, hat es für die nächsten zwei Wochen gereicht. Das alles hat Busch gelernt, in seinem Alter, und beim Backsteinhaus hat er auch geholfen, zwei Wände vergipst und Fensterrahmen abgeschliffen, jeden Tag war was los, aber wie lange das gedauert hat – keine Ahnung, aber schön wars.

Und wenn Busch beim Erzählen ist, fällt ihm immer mehr ein über die Zeit in Matullas Haus, zum Beispiel die Sache mit dem Wolle, oder wie Busch das erste Mal sitzen geblieben ist nach dem Essen und Matulla hat dumm geguckt, oder der erste Abend, die erste Nacht.

Busch vergißt ja viel in letzter Zeit, das macht das Alter, aber was er zum ersten Mal erlebt, geht ihm auch nicht mehr aus dem Kopf. Wenn er mal nachdenkt über sich und sein Leben, fallen ihm alle Momente ein, in denen etwas zum ersten Mal passiert ist, etwa als er zum ersten Mal in das olle rote Backsteinhaus, 19. Volksschule Friedrichshain, gehen mußte, die spitze Tüte unterm Arm, den Ranzen mit der Schiefertafel auf dem Rücken, und dann ganz klein und eingeschüchtert auf der Bank in der siebten Reihe der Aula, über seinem Kopf ein riesiger Kronleuchter aus Kupfer, der erst ganz still stand, aber als der Rektor auf dem Podium seine Rede anfing, so halb mit Drohen in der Stimme, halb mit Schmeicheln, und wie gut das doch ist, daß sie jetzt alle zur Schule gehen dürfen, und daß sie sich freuen sollen und daß die Lehrer sich auch freuen, so vielen kleinen lieben Kindern etwas beibringen zu dürfen, nur, hinter jedem Satz, mit dem er ihnen seine schöne Schule schmackhaft machen wollte, kam ein großes dickes Aber, so groß und dick wie der Rektor selbst mit seinen Borstenhaaren und seiner bellenden Stimme, und als der Rektor so richtig drin war in seiner Rede, fing doch der Kronleuchter über ihnen zu schwanken an, erst langsam, dann schneller, zuerst hatten es die Kinder gesehen, die mit den Augen sowieso überall waren, nur nicht bei diesem belfernden Rektor, dann bemerkten es auch die anderen, und eine große Unruhe trat ein, ein Gewisper, ein Gezwitscher, und die Eltern stießen ihre Kinder in die Seite, aber ohne Erfolg, der Rektor hörte auf zu reden und warf einen strafenden Blick auf die Leute in der Aula, aber als keine Ruhe eintrat, sah er auch nach oben und sah diesen Kronleuchter, der ganz gewaltig hin und her schwankte, da zog er die Schultern ein vor Schreck, schnappte nach Luft, und seine Stimme überschlug sich fast, als er die Einschulungsfeier abbrechen mußte.

Busch hat die erschrockenen Rufe der Erwachsenen noch genauso im Ohr wie den Jubel der Kinder, und er sieht noch heute diese blitzenden Augen, als sie erfuhren, daß ein paar ältere Mitschüler auf dem Dachboden gesessen hatten und noch nicht einmal erwischt worden waren.

Ja, dieser erste Schultag, oder der Tag, an dem er seine Lene zum ersten Mal gesehen hat, oder die Sache mit Wolle, oder die erste Nacht in Matullas Haus. Dabei ist nichts Besonderes an dieser ersten Nacht gewesen, außer daß es die erste war und Busch nicht recht schlafen konnte, nachdem sie um elf oder zwölf in das Zimmer gegangen waren, das ihnen die jungen Leute zugewiesen hatten, ein großer Raum im zweiten Stock, ein Podest auf der einen Seite, Matratzen daraufgelegt, gegenüber ein Tisch mit zwei Stühlen, und im Erker eine aufgebockte Holzplatte, die Wände weiß gestrichen, Fenster und Türen schwarz abgesetzt. Sie hatten die Betten bezogen und sich hingelegt, Matulla hatte sich gleich auf die andere Seite gedreht und war eingeschlafen. Busch lag da, die Augen offen; durch die Wände drangen die Geräusche aus dem Haus, Frauenlachen, das Gebell eines Hundes und eine grelle rhythmische Musik, die mit der Zeit verebbte und ihn in einen flachen Schlaf trug, aus dem er, wenig später, wegen eines Bildes erwachte, das er schon lange nicht mehr, seit er mit Matulla in einem Zimmer wohnte, gesehen hatte, ein blasses schmales Gesicht unter einer trägen Wasseroberfläche, Busch rief: Lene! Lene!, griff mit beiden Händen ins Wasser, aber er griff ins Leere, jedesmal, und jedesmal erwachte er dabei, früher mit einem heftigen Herzklopfen und Druck auf der Brust, jetzt aber, in dieser ersten Nacht in Matullas Haus, ganz ruhig und ohne Angst, und wenn er früher versucht hatte, dieses Bild zu verscheuchen, so wollte er es jetzt auf jeden Fall festhalten. Er kniff die Augen zusammen, versuchte sich die Züge des Gesichts unter dem Wasser wieder in Erinnerung zu rufen, die scharfen Backenknochen, das matte Braun der Augen, aber es dauerte nicht lange, da verschwamm alles, Busch öffnete die Augen, stöhnte, rief leise nach Matulla, der nicht antwortete. Im Haus war es still, Busch spürte ein Ziehen in der Blase und stand auf.

Das Licht im Flur brannte, das Klosett war gleich nebenan, und als Busch an der Kette der Spülung zog, mußte er lachen, seine Finger steckten in einem silbernen blinkenden Griff, der nichts anderes war als dieser Stern von den Kühlern der Autos, die in Buschs Vorstellung von den mächtigen Herren gefahren wurden. Erst jetzt entdeckte er, daß die Wand vor ihm ganz vollgekritzelt war, er stützte sich auf das rissige Waschbecken und las jeden einzelnen Spruch, jeden Hinweis, etwa den, nicht diese grüne, gebogene Zahnbürste (auf die ein Pfeil zeigte) zu benutzen, sondern – wenn man unverzeihlicherweise keine eigene besitze – eine von den vielen anderen zu nehmen auf die – Busch folgte ihm mit den Augen – ein langer geschwungener Pfeil wies, der an der Stelle endete, an der ein mit Zahnbürsten unterschiedlichsten Alters, unterschiedlichster Form gefülltes Wasserglas stand.

Keine Stelle an der Wand war ausgelassen, jeder Bitte folgte eine neue, jeder Ermahnung ein höhnischer Kommentar in Rot, in Grün, in Schwarz, in leuchtendem Orange. Und erst das Treppenhaus! Als hätte jeder, wenn ihm danach zumute war, zum Pinsel, zum Filzstift, zur Spraydose gegriffen und sein Sprüchlein abgelassen. Weiß auf schwarz las Busch auf dem Podest im zweiten Stock, daß der enteignet worden sei von Olli und Jürgen und Margarete, und darunter las Busch, daß niemand über keinen eine Macht haben solle, und über dem Eingang zum großen Zimmer im ersten Stock stand wie ein Motto geschrieben *Küche des Hungers*, was Busch erst später, erst an den Abenden verstand, an denen – der Teufel wußte warum – wieder einmal keiner gekocht hatte.

Busch trat in den großen Gemeinschaftsraum, setzte sich an den mit Speiseresten und schmutzigem Geschirr überladenen Tisch, griff, weil er keine Zigaretten bei sich hatte, in einen der vollen Aschenbecher und fischte sich eine Kippe heraus, saß da und paffte um zwei Uhr morgens oder drei Tabaksqualm in das Licht der Hängelampe, war ganz vergnügt, ganz heiter, und wie er so saß, stand plötzlich wieder dieses Bild vor ihm, ganz deutlich sah er die Lene mit ihren großen Augen, und wie sie ihn ansah, gar nicht ernst oder traurig, ganz innig und lieb, so nah hatte er sie lange nicht gesehen, so nah hatte er sich ihr lange nicht gefühlt wie in dieser ersten Nacht in Matullas Haus, an der gar nichts Besonderes war, außer daß es die erste gewesen war und er nicht hatte einschlafen können. Noch am Morgen war ihm so vergnügt zumute gewesen, daß er aus dem Bett springen, mit Matulla, der schon angezogen im Zimmer stand, mitgehen und ihm erzählen wollte von der Nacht, aber Matulla war ohne ihn aus dem Haus gegangen und hatte nicht die geringste Spur von Interesse gezeigt für das, was Busch gesehen hatte oder wie ihm zumute gewesen war in dieser ersten Nacht, und auch später, wann immer Busch auf die jungen Leute zu sprechen kam oder Matulla eine Entdeckung mitteilen wollte, hatte er nur mürrisch den Kopf geschüttelt und Busch bedeutet, er solle schweigen.

Für Matulla waren doch alle Sachen, die im Haus vorgingen, böhmische Dörfer. Der sah ja nichts, der hörte ja nichts. Der hatte nur im Kopf, wie er die jungen Leute am besten auf die Straße kriegte, sonst nichts. Anfangs war Busch ja immer hinter ihm hergelaufen, beispielsweise als sie vor der Tür standen, Matulla mit der Brechstange in der Hand und Busch mit klopfendem Herzen, auch später noch, in den Tagen danach, trippelte Busch hinter ihm her, aber irgendwann, Busch wußte nicht mehr zu welcher Zeit, war er einfach mal sitzen geblieben, als Matulla aufstehen und ins Zimmer gehen wollte.

So etwas wäre früher, im Heim an der Neuen Brücke, nicht möglich gewesen, daß er einfach sitzen blieb und Matulla sagte nicht mal was dazu. Busch hätte auch nicht das Bedürfnis gehabt, im Gegenteil, er ahnte ja immer schon im voraus, was Matulla wollte, jedenfalls meistens. Es war mit Matulla fast so wie mit seiner Lene, wenn sie abends in der guten Stube saßen und Radio hörten, damals, in der Winsstraße, vorneraus mit Balkon, und er gerade Luft holte, um zum Sprechen anzusetzen, und dann spürte, daß auch die Lene Luft holte, als wolle sie zum Sprechen ansetzen, und als er sie fragte, ob sie vielleicht einen Tee wolle oder das Heizkissen, und die Lene erstaunt die Augen aufriß und zu lachen begann und ihn ansah mit ihren großen Kulleraugen und dann sagte, daß sie das auch gerade habe fragen wollen, da sahen sie sich beide an, und Busch kniff die Augen zusammen und war ganz glücklich über so viel Harmonie, und er stand auf, Tee zu brühen oder das Heizkissen zu holen, zwei Seelen ein Gedanke, das war das Glück, und es war jahrelang so gewesen, bis auf das eine Mal, als er nach Hause gekommen war von der Arbeit, und die Lene nicht da, und der Brief auf dem Doppelbett, und das Warten, und die Verzweiflung.

Ja, so wie in der guten Zeit mit der Lene war es in den Jahren mit Matulla gewesen, in Fellbach, im Heim an der Neuen Brücke, Zimmer Zwonullvier, und in Matullas Haus in der Waldemar war es auch so gewesen, anfangs jedenfalls, aber irgendwann war es nicht mehr so, aber warum nicht? Busch weiß noch, er hatte am Abend mit Matulla an dem kleinen Tisch neben dem Ofen gesessen, sein Teller war leer, er streckte die Beine aus, drehte sich eine Zigarette, sah – als er sie zwischen die Lippen stecken wollte – Matullas Augen, begriff erst da, daß er vergessen hatte, Matulla eine mitzudrehen, griff sich an den Kopf, sagte: Tschuldigung, Gustav!, drehte ein zweite, reichte sie Matulla hinüber, rauchte dann, gab sich den Geräuschen hin, die von den jungen Leuten am großen Tisch kamen, drehte seinen Kopf ein wenig, fing einen Blick auf oder eher ein Blinzeln, ein freundliches Blinzeln aus schmalen Augen, die in einem hageren Gesicht standen, das, bevor Busch genauer hinsehen konnte, von einer breiten Schulter verdeckt wurde, er sah aus den Augenwinkeln, wie Matulla unruhig hin und her rutschte auf seinem Stuhl, was ja ein Zeichen war, jetzt aufzustehen und aufs Zimmer zu gehen oder auf die Straße, jedenfalls nicht mehr hierzubleiben in dem großen Zimmer im ersten Stock, schon zog Busch die Beine an, Matulla brummelte so etwas wie: Na, dann wolln wir mal!, und er stand auf, Busch aber streckte im gleichen Moment die Beine wieder aus, griff zum Tabak, sagte mit bedauerndem Unterton und obgleich er wußte, daß Matulla nie mehr als eine Zigarette nach dem Essen rauchte, so etwas wie: Och, Gustav, rooch doch noch eene!, und nun stand Matulla vor ihm mit halboffenem Mund und einem großen Erstaunen in den Augen, und hätte er jetzt sein kurzes scharfes Komm! gesprochen, Busch wäre wohl aufgestanden, und so sagte er, bevor Matulla reagieren konnte, mit dem unschuldigsten Lächeln, das ihm zur Verfügung stand: Gustav, ick komm dann nach, ja? Matulla drehte sich schroff um und schlurfte zur Tür hinaus, Busch saß immer noch da, dachte an dieses freundliche Blinzeln und spürte so etwas wie Erleichterung und Neugier.

Das war das erste Mal gewesen, daß Busch sitzen geblieben und – als Matulla das Zimmer verlassen hatte – an den Tisch mit den jungen Leuten gewechselt war, seinen Stuhl in der Hand, bißchen zusammengerückt, und da saß er dann zwischen ihnen am großen Tisch, und später auch mal beim Fernsehen oder beim Kartenspielen, oder er ging auch mal mit in die Kneipe, nippte an einem Weizenbier, spannte die Löffel auf, hörte so allerlei und fragte auch mal, wenn er etwas nicht verstand, und bekam dann alles genau erklärt.

Anfangs hat Busch ja gedacht, so wie die jungen Leute miteinander umgingen, so vertraut, so fröhlich, die kennen sich alle schon eine Ewigkeit, aber Pustekuchen. Kein dreiviertel Jahr ist es her, seit sie sich das erste Mal gesehen haben bei der Gaby, die die Alla kannte, die den Toni kannte, der den Kalle mitbrachte, der den Wolle beim Trampen getroffen hatte und ein entfernter Verwandter von der Geli war.

Und wo? – Na, keine zweihundert Meter von hier, in der Wohnung von Gabys Eltern, die gerade auf dem Mittelmeer herumkreuzten, ganz heimlich haben sie sich getroffen, mit Schlafsäcken unterm Arm und Proviant im Beutel, zehn, nein, zwölf sind es am Anfang gewesen, das Haus hatte der Toni ausgekundschaftet, und ein Schlosser aus Allas Abiturklasse war auch dabei, sonst hätten sie ja die Tür nicht aufgekriegt, morgens um zwei, mitm Dietrich rein, und gleich die Fahne raus und ein Transparent, und drin waren sie!

Aber wieso ausgerechnet Matullas Haus? – Na, das lag am nächsten und war vergleichsweise noch gut in Schuß, aber es hätte auch ein anderes sein können, eines von den tausend, die leerstanden in dieser Zeit und aufn Abriß warten oder auf sonstwas, und achtzigtausend Leute, ach, noch viel mehr! suchten damals ne Wohnung, und weißte noch, wie die Tina noch mal rausmußte, weil der Kalle die Kerzen vergessen hatte, und die erste Nacht aufm Fußboden im ersten Stock, alle zusammen in einem Zimmer, und Schiß hatten wir, daß sie uns morgens schon abräumen, obgleich ja jeder wußte, daß es schon nicht mehr ging, aber bißchen Schiß hatte jeder.

Blitzende Augen, die Stimmen schwärmerisch, jetzt saßen sie im Elefanten am Heinrichplatz, Busch war fast vergessen, hätte er sich nicht hin und wieder eingemischt mit einer Frage, zum Beispiel mit der, wieso das nicht mehr ging.

Das weiß er auch nicht? Na, der kommt ja aus Posemuckel, da kann man ihm das nicht übelnehmen. Also, das war zu der Zeit, als der Bürgermeister zurücktreten mußte, weil irgend so ein ranziger Spekulant schlappe fünfhundert Millionen aus Steuergeldern verschleudert hatte mit Wissen der hohen Herrschaften, die nun nicht mehr so konnten, wie sie wollten, weil die Empörung groß war in der Stadt und die Leute endlich mal erfuhren, was mit ihrer Kohle so alles passierte, und weil ja auch Wahlen vor der Tür standen und die Opposition, die deswegen bald die Regierung wurde, kräftig vom Leder zog gegen die Regierung, die deswegen bald Opposition wurde, aber mitgemischt hatten sie im Grunde alle, und abgesahnt hatten sie auch alle, und vergessen tun die Leute sowieso wieder, aber damals wußten sie alle noch, und deshalb ging das nicht, verstehste? Und dann die Gemeinnützigen.

Die Gemeinnützigen?

Na, die großen Gesellschaften, die halbe Städte gebaut haben, aber nix verdienen durften, sonst wären ihnen alle Vorteile, also, was sie an Steuern gespart haben, gestrichen worden und so weiter, aber die Bosse, verstehst du, die Leute ganz oben, die haben sich Scheinfirmen gegründet und haben denen die ganzen Aufträge zugeschanzt und die fetten Gewinne natürlich in die eigene Tasche gesteckt, verstehste?

Busch nickte, klare Sache, das versteht er, obgleich sein Kopf schon dröhnte von dem vielen Weizenbier und den vielen Reden und den vielen Gesichtern um ihn herum, die ganz gelöst aussahen und schön, fand Busch, besonders die jungen Mädchen, die Gaby mit ihren drolligen Augen, die von einem zum andern flitzten, und die Geli, die aussah wie auf einem dieser alten Gemälde, die in den Museen hingen, ganz schwere Brüste und einen vollen Hintern und dabei ein Lächeln um den Mund, daß dem Busch Hören und Sehen verging, na, und die schwarze Alla traute er sich gar nicht mehr anzugucken.

Und plötzlich, mitten im Reden, sprangen alle auf, hatten es auf einmal sehr eilig, irgendein Termin stand an oder irgendwo gabs Randale oder es tagte ein Rat. Zogen hinaus aus dem Elefanten am Heinrichplatz, Busch blieb zurück, trank sein Bier aus und ging die paar Schritte nach Hause, ein bißchen beklommen in der ersten Zeit und mit schlechtem Gewissen. Matulla lag meist schon im Bett und brummte vor sich hin, Busch tat so, als wäre nichts, erzählte, was er erlebt hatte, egal, obs Matulla nun hören wollte oder nicht, erzählte so leichthin, als wäre es das Normalste von der Welt, daß er ohne Matulla weggegangen war, ganz alleine, und eigentlich war es ja auch das Normalste von der Welt, daß er hinging, wohin er wollte, es war ja nicht gegen Matulla gerichtet, weiß Gott nicht, der brauchte sich doch nicht aufzuregen, wozu regt der sich denn auf?, wegen der zwei Stunden doch wohl nicht!, da konnte er nur den Kopf schütteln.

So hatte er sich ein Leben mit einem anderen immer vorgestellt, daß er hingehen konnte, wohin er wollte, ohne daß es Ärger gab oder er ein schlechtes Gewissen bekam, hatte es aber aus weiß der Teufel was für Gründen nie so einrichten können, weder mit Matulla noch früher mit seiner Lene, und wenn er ehrlich gegen sich war, wußte er auch, warum, erinnerte sich noch genau dieser schrecklichen Gefühle, wenn die Lene, oder später Matulla, sich aus irgendeinem Grund mal verspätete, und er saß da und wartete, da kroch etwas in seinen Körper hinein, rumorte da irgendwo unterhalb des Magens herum, und es wurde schlimmer, je länger er warten mußte, ja, es war die blanke Angst, die er spürte in diesen Stunden und die erst wegging, wenn Matulla, oder früher die Lene, wieder durch die Tür kam – da wurde ihm wieder ganz leicht und ganz warm, und weil er dieses Gefühl kannte, blieb er nie über die Zeit weg, weder bei der Lene noch später bei Matulla, immer auf die Minute, da war auf ihn Verlaß, und am besten war, man ging gar nicht weg, wat du nicht willst, das man dir tu, das füg auch keinem andern zu.

So war es immer mit ihm gewesen, und warum es auf einmal anders war, warum er auf einmal alleine weggehen konnte, dafür wußte er keine Erklärung. Er wußte nur, es hatte mit diesem Haus zu tun und mit den Leuten, die darin wohnten. Vielleicht lag es daran, daß er keine Angst mehr davor hatte, Matulla könnte weggehen und ihn allein lassen, weil, wenn er aus dem Zimmer kam, er meist schon auf dem Flur einen anderen sah, und wenn nicht auf dem Flur, so doch spätestens im großen Zimmer im ersten Stock, irgendeiner saß immer da, aß oder trank was oder las Zeitung oder lümmelte einfach nur herum. Du brauchtest nicht mal etwas zu sagen, du konntest dich einfach hinsetzen und warten, daß was passiert oder auch nichts passiert. Ja, da war so eine Ruhe in ihm, so eine Sicherheit, so ein Gefühl, daß einfach nichts Schlimmes passieren konnte, und vielleicht war es diese Sicherheit, weswegen er einmal die Kraft gefunden hatte, sitzen zu bleiben nach dem Essen, so leid ihm Matulla tat, sosehr er wußte, wie dem zumute gewesen sein muß, aber einmal ist immer das erste Mal, und warum nicht jetzt, und später war er ja öfter mal sitzen geblieben, und die Welt ist nicht eingestürzt für Matulla, und er ist auch mal allein aus dem Zimmer gegangen, hat den Toni besucht oder die Geli mit der großen Brust. Tat sich im Haus um, kochte mal eine Lauchsuppe für alle und einmal einen Schweinebraten mit Kruste, halb Ketchup, halb Pflaumenmus über das Fleisch und eineinviertel Stunden scharfe Oberhitze, ging auch mit einkaufen, zweimal die Woche, Großeinkauf, half beim Geldeinsammeln, daß der kleine Kalle immer die Eintreibe nannte, weil die Hälfte der jungen Leute zur Zeit nicht flüssig war und immer erst borgen mußte, ein Hin und Her war das und eine Überredung, Busch immer mit seinem Lächeln, und ihm gaben die jungen Leute meistens.

Klar, es lag an diesem Haus und an den Leuten, die darin wohnten. Andererseits, auch in dem Heim an der Neuen Brücke traf er meist einen, wenn er aus dem Zimmer ging, spätestens aber im Park oder im Essenraum, und doch war es etwas ganz anderes. Dort saßen sie alle schon und lauerten, daß sie einem eins auswischen konnten. Da war doch einer dem andern sein Deibel. Nein, die Jungs und die Mädchen hier, in Matullas Haus, über die Busch meist nicht mehr sagen konnte als drei Sätze, beispielsweise, daß der lange Olli aus Rheda-Wiedenbrück kam, einen Meldetermin beim Kreiswehrersatzamt versäumt hatte und nun auf der Flucht war vor dem Bund, immer in Angst, die schnappen ihn und verfrachten ihn nach Tegel, zum Flughafen, und dann ab in den Knast für anderthalb Jahre; beispielsweise über Steff mit den Plüschaugen, Vater ohne Angabe der Adresse und mit sechsunddreißigtausend Miesen auf dem Konto Richtung Unbekannt verduftet, Mutter Gashahn aufgedreht, die vier Kinder ins Heim rein; oder über Julia, so ein kleines zartes Mädchen, die dreimal in der Woche in einer Säuferkneipe in Schöneberg hinterm Tresen stand – nicht mehr als drei Sätze kriegte Busch zusammen über die, die hier, in Matullas Haus, saßen, aber eins wußte er, weiß er! Die haben sich nicht ein halbes Leben lang geduckt und rumstuken lassen und mußten nun die Sau rauslassen, wenn sie einen Schwächeren erwischten, wie Buschs Leute im Heim an der Neuen Brücke, Matulla mal ausgenommen, und das hat Busch ja auch so gefallen an dem, daß der nicht war wie die anderen, daß der nicht son Fahrradfahrer war, nach unten treten, nach oben buckeln, und immer rauf aufs Schlimme, nee, auch Matulla hat seinen Kopp oben gehabt, so wie die hier ihren Kopp oben haben und einfach reingestiefelt sind in Matullas Haus, und in alle die andern Häuser, die auch mal zurückgehauen haben, wenn ihnen einer eins über den Deetz gegeben hat, und die zusammengehalten haben, allesamt, allein machen se dir ein!, das weiß Busch, auch wenn ers nicht gelesen hätte über der Tür zum Backsteinhaus. Die haben wat im Kopp oder im Bauch, egal, die wolln wat in ihrem Leben, die sind stark, auch wenn sie noch grün hinter den Ohren sind und auch, wenn nicht alles Gold war, was Busch gesehen hat in Matullas Haus, zum Beispiel die Sache mit Wolle.

Wenn Busch an den langen Wolle denkt, wird ihm immer ein bißchen flau im Magen. Zu Anfang war der wie die anderen auch, immer lustig, immer froh, wie der Mops im Palleto, aber einmal, als Busch Geld sammeln geht für den Einkauf und lächelt alle an und die geben ihm auch, da steht er vor dem langen Wolle, lächelt und sagt: Na, wie isses? Der kriegt ein ganz gereiztes Gesicht, kehrt die Taschen nach außen und fragt, woher ers wohl nehmen soll. Busch ganz erschrocken. Er meints doch nicht so, er hat nur mal fragen wollen. Busch hin zu Toni, ob er was falsch gemacht hat. Toni zuckt die Schultern, der Wolle ist schlecht drauf im Moment, der kommt schon wieder zu sich, Busch soll sich nicht drum kümmern. Der hat eben keine Kohle. Busch fragt noch, warum nicht und wie lange schon nicht, aber Toni zuckt wieder die Achseln. Weiß er nicht, regelt sich schon alles, zahlt er eben nach. Oder auch nicht. Jedenfalls hütet sich Busch, den Jungen noch einmal anzugehen, vergißt ihn auch mit der Zeit, nimmt ihn nur hin und wieder wahr als einen von denen, die stumm am Tisch sitzen und ihren Kaffee schlürfen, drei, vier Tassen hintereinander, aber sonst tagelang kaum einen Ton, bis auf eine Nacht, Busch meint, es war ein Donnerstag, jedenfalls hat Matulla schon geschlafen, Busch hat aber der Magen so geknurrt, daß er noch in die Küche gegangen ist und sich ein Brot geschmiert hat. Er hat sich an den großen Tisch gesetzt, der jeden Abend blitzsauber war, seit auf Vorschlag vom dicken Toni und nach harten, zwei Wochen dauernden Diskussionen über die Zwangsherrschaft kleinbürgerlicher Sauberkeitsvorstellungen ein Tischabräumdienst eingerichtet worden war, hat also gesessen und sein Brot gekaut, als es losging. Erst ein Krachen, ein Bersten, Busch denkt, es kommt von draußen, läuft zum Fenster, aber die Straße liegt still und dunkel. Dann scheppert es, wie wenn Glas zerbricht, Busch hört eilige Schritte auf der Treppe, läuft hinaus, hört über seinem Kopf lautes Schimpfen und Fluchen, Alla stürzt an ihm vorbei, Busch trippelt hinter ihr her, so schnell er kann, kommt völlig außer Puste in den dritten Stock, die Tür steht offen, ein Poltern, ein Klirren, ein Brüllen, Busch drängt sich in die Traube vor der Tür, sieht das Zimmer völlig um und dumm, zerbrochener Spiegel, umgestürzter Schrank, Haufen Bücher auf der Erde und mittendrin der lange Wolle, das Gesicht ganz verzerrt, seine Arme rudern in der Luft, keiner kommt an ihn ran, der Olli will ihn fassen, da zerspringt ein Glas vor seinen Füßen, Alla ruft etwas Beruhigendes, aber da hat sie was angerichtet. Ein Gebrüll antwortet ihr, wieso er aufhören soll, keinen Grund sieht er dazu, er fängt gerade erst an, hörste!, und der lange Wolle nimmt ein preußischblau gebundenes Buch von der Erde und pfeffert es gegen die Kommode, der ganze Tüddelkram, der obendrauf stand, fliegt durch die Gegend, Busch duckt sich, und Wolle brüllt, daß *sie* ruhig sein soll, alle zusammen sollen sie ruhig sein, das Maul immer voll nehmen, aber wenns drauf ankommt, nix wie weg, und wenn man ihnen die Bullen nimmt, wissen sie überhaupt nix anzufangen, schrie Wolle, und er schrie: Ihr braucht die doch so, wie die euch brauchen!, und wenn er das schon hört, Autonomie! und Enteignung! und Die Häuser denen, die sie bewohnen!, na, er dankt, Sprüche sind das, alles nur Sprüche, denn es gehört gar nichts dazu, bei Nacht und Nebel einen Stein ins Schaufenster von *Karstadt* zu schmeißen oder einen Molli in die *Berliner Bank* – er weiß, wovon er redet! –, in Wirklichkeit ist das doch hier die reine Oberfläche, nur Kopf alles, kein bißchen Gefühl dahinter, nicht so ein bißchen, schreit Wolle und spreizt Daumen und Zeigefinger einen halben Millimeter, und hört nicht auf zu schreien, daß, wenn einer wirklich mal allein ist, einem kein einziger, aber auch gar keiner wirklich zuhört. Wer hört denn schon noch zu! schreit Wolle, alle haben doch mit sich selbst zu tun und mit ihren flotten Sprüchen, und er hat die Schnauze voll von ihnen und ihrem Gelaber, ihren sogenannten Ansprüchen an ein neues Zusammenleben, *eine* Gruppe, *eine* Familie! ... Pah! ... Wohlstandsmuftis sind sie alle, Egoisten, die morgen, wenn das hier alles zu Ende ist, wieder zurückgehen ins Dachzimmer mit Stereoanlage und Farbfernseher im Eigentumshäuschen von Pappi und Mammi, aber Gefühl für einen andern – Mitgefühl meint er, und ob sie das alle gehört haben: *Mit-ge-fühl,* und ob sie überhaupt verstehen, was er meint, versteht ihr mich denn!

Steht da mit offenem Mund, glotzt von einem zum anderen, ist ganz rot im Gesicht vor Zorn und atemlos vor Erschöpfung, und alle lauern, wie sie ihn fassen, wie sie ihn festhalten können, aber das ist gar nicht nötig, plötzlich fällt er in sich zusammen, hockt sich auf die Erde, nimmt den Kopf in die Hände und heult los. Heult wie ein Schloßhund, Busch zieht es das Herz zusammen, die anderen stehen dumm herum und wissen nicht, was sie tun sollen, die Geli und die Alla hocken sich endlich neben ihn, Busch geht wieder hinunter und greift nach dem angebissenen Brot, aber es schmeckt ihm nicht mehr. Nacheinander trudeln sie alle ein. Toni macht noch einen Kaffee, bald sitzt das halbe Haus um den großen Tisch, keiner traut sich was zu sagen, bis Geli herunterkommt und sagt, der Wolle hat eine Tablette genommen und schläft jetzt, und dann gehts los, die Rederei, die Alla macht sich Vorwürfe, daß keiner auf den Wolle geachtet hat, Geli nickt immerzu, nur der Kalle, der endlich mal zu Wort kommt, ist ganz anderer Meinung, jeder ist schließlich für sich selbst verantwortlich, und wenns ihm schlecht geht, muß er die Hilfe eben abfordern, aber nicht so rumhängen mit sonem Gesicht und warten, bis ihn einer in die Arme nimmt, nee, und gerade der Wolle, der keine Randale je hat auslassen können, und jetzt sone Vorwürfe! Der kleine Kalle schüttelt energisch und abwehrend den Kopf, die Gaby schlägt sich an die Stirn, ob denn alle hirnverbrannt sind, ob sie nicht gehört haben, der Wolle hat von Gefühl gesprochen und ob, sagt sie, wird aber überschrien von einem Braungebrannten, den Busch nur zwei-, dreimal im Haus gesehen hat, was der Kalle da für einen Blödsinn redet, wer hat denn die Öffentlichkeit und so erst aufmerksam gemacht auf die ganze Scheiße mit der Spekulation und so, das waren doch die Leute wie Wolle, die sich getraut haben, einen Stein in die Hand zu nehmen, jawoll, und dann gehts rund, alle reden nur noch darüber, ob es richtig war, Steine zu schmeißen oder nicht, und Gewalt hin und Gewalt her, und zu welchem Zeitpunkt und zu welchem Zweck, Alla, der Braungebrannte und Geli sind konsequent dafür, Toni und der kleine Kalle ebenso konsequent dagegen, von Wolle, der oben in seinem verwüsteten Zimmer liegt, kein Wort mehr, Busch fallen die Augen zu, er schleppt sich ins Bett, nimmt sich beim Einschlafen vor, mal ein Auge auf den Jungen zu haben, denkt noch am nächsten Morgen daran, erzählt Matulla noch von der turbulenten Nacht, der aber will wieder gar nichts wissen, Busch sieht den Wolle am Frühstückstisch nicht, vergißt ihn dann über dem Einkauf, über dem Wischen, über dem Kochen, erfährt tags darauf, daß der Wolle ausgezogen ist, weg mit Sack und Pack, wohin, weiß kein Mensch, und auch nicht, warum er sein Zimmer nun wirklich kaputt gehauen hat, jedenfalls nicht genau, Geldsorgen, sagt einer, Beziehungskram ein anderer, und ein dritter will in Erfahrung gebracht haben, daß Wolle schon den dritten Strafbefehl ins Haus gekriegt hat, einmal, weil er auf dem Kudamm eine Fahne verbrannt hat, und zweimal wegen Nötigung, zusammen fast dreitausend Mark, und woher nehmen, wenn er nicht mal Sozialhilfe kriegt, und schon ist man beim Thema Geld, und ob der eine nicht dem andern zehn Mark!, bis übermorgen, aber wirklich, aber klar, und eine Woche später sieht Busch schon einen Neuen auf der Leiter in Wolles ehemaligem Zimmer stehen und die Decke weißen. Vergessen der Wolle, vergessen der ganze Krach, und wenn Busch an ihn denkt, wird ihm immer ein bißchen flau im Magen, und er hat auch mit den anderen darüber sprechen wollen, ob es denen genauso geht, so wie es ihn wirklich interessiert hat, wie das alles weitergegangen wäre in Matullas Haus, wie es ausgesehen hätte, sagen wir: in fünf, zehn Jahren, und ob die jungen Leute das tatsächlich geschafft hätten, was sie sich vorgenommen, woran sie geglaubt haben, aber es blieb ja keine Zeit.

8

Matulla, seit Busch die Tür hinter sich zugemacht hat, läuft nur noch herum mit finsterem Gesicht, spricht kaum noch ein Wort mit einem, ißt auch kaum was.

Zweimal hat er schon telefoniert mit dem Büro des Rechtsanwalts, aber der läßt sich verleugnen, läßt seine Sekretärin sagen, er sei verreist und wann er wiederkäme, wisse sie nicht.

Dann geht er hin, läßt sich nicht abwimmeln an der Tür, will den Herrn Senfft persönlich sprechen, und der ist natürlich auch da, aber als der ihm eine gütliche Einigung dringendst anrät, andernfalls er nichts mehr für Matulla tun könne – das Projekt sei in Kürze entscheidungsreif, und zwar wie geplant –, also entweder oder, da schreit Matulla, er läßt sich nicht erpressen, würdigt den Mann keines Blickes mehr, mit so wat redet er doch nicht mehr, kein Stück!, streicht anfangs noch öfter durch die Stadt, bleibt vor den Aushängen der Nachtbars stehen oder geht zu der Stelle am Kanal, wo Busch immer gestanden und hineingestarrt hat, geht schließlich gar nicht mehr aus dem Haus, liegt auf dem Bett, tut nix, macht nix und starrt Löcher in die Luft.

Einmal geht leise die Tür auf, die schwarze Alla kommt herein, einen Teller in der Hand, setzt sich zu Matulla ans Bett: Er muß doch was essen.

Matulla brummelt.

Warum sieht er denn so blaß aus, warum hängt er so rum, was ist denn passiert?

Wat soll passiert sein?

Na, so ganz ohne ist doch das nicht.

Seine Sache.

Seine Sache – schön. Aber essen muß er. Das wird sonst auch ganz kalt.

Na, ehs kalt wird.

Also schraubt er sich hoch von seinem Bett, löffelt die Suppe in sich hinein. Alla neben ihm.

Na bitte, es geht doch.

Warum auch nicht.

Es wird schon wieder werden.

Ja, aber anders, als sie denkt.

Er soll nicht in Rätseln sprechen.

Na, es geht los.

Was geht los.

Na, alles hier. Das Haus, die Ecke: Weg. Alles weg.

Wie kommt er denn darauf?

Er weiß es. Ganz sichere Quelle.

Und welche?

Dieser Rechtsverdreher. Matulla sollte unterschreiben. Gütliche Einigung. Letzter Termin.

Alla lacht: Matulla soll sich nichts einreden lassen. Das hat der nur so gesagt. Der will Matullas Unterschrift, nichts weiter.

Wirklich?

Sicher. Das können die sich gar nicht leisten, jetzt, in diesem Moment. Das geht politisch gar nicht. Sie haben auch Zusicherungen. Das heißt: so gut wie. Keine Räumungen.

Na, so was, so ein Hund. Wollte der ihn wieder einseifen. Da kann er nur den Kopf schütteln.

Also deshalb war er so kaputt die letzten Tage?

Nee, nee. Ja, ja . . . Ach was . . .

Also was?

Matulla löffelt und ziert sich.

Oder ist es wegen dem Kleinen?

Wegen welchem Kleinen?

Na, seinem Freund . . .

Ach, der . . .

Wo ist er denn überhaupt?

Der soll bleiben, wo der Pfeffer wächst.

Na, na.

Klar! Acht Jahre. Und auf einem Zimmer. So was bindet doch. Und dann einfach raus, mir nichts, dir nichts. Die Tür zu und raus. Nee.

Aber so ist der doch gar nicht, der Kleine. Der ist doch immer so lieb gewesen.

Lieb. Soso. Jetzt bricht es aus Matulla heraus. Läßt einen sitzen hier. Mitten im Dreck. Mitten in allen Schwierigkeiten. Was hat er für ihn getan. Mitgenommen hat er ihn. Matulla wollte ja alleine. Aber er konnte ihn doch nicht sitzenlassen. In Fellbach! So was nennt man dann Dankbarkeit! Na, *ich* danke! Matulla kommt in Fahrt, schimpft, flucht, brüllt, jammert.

Die schwarze Alla ist skeptisch: Der ist doch nicht einfach so weg. Da steckt doch was dahinter.

Was soll dahinterstecken? Empfindlich ist der. Überempfindlich.Vielleicht war Matulla wirklich ein bißchen grob. Aber der kennt ihn doch. Der weiß doch, wie was gemeint ist. Der weiß doch, das ist nicht so gemeint. Weicher Kern, rauhe Schale, sie versteht doch? Aber gleich wegrennen . . .

Und er weiß nicht, wo Busch ist?

Keine Spur. Das ist es ja. Nicht mal ne Nachricht. Man macht sich doch Sorgen, nicht wahr. Er kann ja schon keine Nacht ruhig schlafen!

Ob er zurückgefahren ist?

Wie denn, der hat doch keinen Pfennig. Da oben wird er

stecken, im Wedding, bei seiner Stiefnichte oder was das ist. Sonst kennt der ja gar keinen hier.

Dann könnte Matulla doch da mal hingehn.

Wer! Er?

Sie könnten hinfahren, mit ihrem Auto, jetzt gleich.

Hm.

Also was ist?

Aber reingehen muß *sie*! Er nicht . . .

Nun fahren sie in Allas VW-Bus Richtung Norden. Matulla ist schon wieder munter, bereitet sich seelisch auf das bevorstehende Wiedersehen vor, denn so ist es ja nicht, daß er dem Busch hinterherläuft, er kann ihn doch nur nicht sitzenlassen, so alleine, in dieser Stadt, man hat doch auch so etwas wie Verantwortung.

Die schwarze Alla läßt Matulla reden, steuert am Brandenburger Tor vorbei, an der Charité, wo Matulla mal gelegen hat, und an Schering, dann die Osloer runter bis zur Bornholmer, und dann sind sie auch schon da. Also das Steinhaus ganz hinten am Ende des Laubenganges. Alla verschwindet hinter der Hecke. Matulla wartet im Auto und nimmt die entsprechende Haltung ein. Zeit genug hat der Busch ja nun gehabt, über alles mal nachzudenken, und hoffentlich wirds ihm eine Lehre sein.

Da quietscht das Tor zur Laubenkolonie, die schwarze Alla kommt heraus und zuckt die Achseln: Der Kleine war gar nicht da, in der ganzen Zeit nicht.

Wo soll er denn sein. Dem wird doch nichts passiert sein?

Nun mal keine Panik. So schnell geht das nicht.

Das soll sie nicht sagen. Was man alles so liest. Und gerade hier. Wo der Busch doch so vertrottelt ist. Der fällt doch auf jeden rein. Den kann man doch gar nicht alleine lassen. Der kann ja noch nicht einmal schwimmen. Den können wir vielleicht als Wasserleiche aus dem Kanal ziehen. Also jetzt macht er sich wirklich Sorgen. Jetzt muß gesucht werden. Jetzt nicht aufgeben.

Sie ziehn los. Sie suchen. Matulla und das schwarze Mädchen. Sie ziehn zum Zoo, zum Bahnhof, streifen zwischen den Alkies herum, den Pennern, den stumpf an der Wand hockenden asiatischen Asylanten, Gepäckberge, halbleere Rotweinpullen, Zeitungsbündel, aber kein Busch. Sie klappern die Gegend drum herum ab, gehen abends durch sämtliche Kneipen in der Umgebung, nix. Einmal treffen sie einen Teil von ihrem Haufen in einer Kneipe. Alla sagt: Der Kleine ist weg. Macht mal die Augen auf! – Sie streifen durch die Straßen und am Kanal lang; Busch ist wie weggefegt. Der kann doch nicht von der Bildfläche verschwinden. Der muß doch aufzutreiben sein. Versteh ich nicht.

Matulla ganz wach, ganz angespannt, aber nicht nur wegen dem Busch, auch wegen des Mädchens an seiner Seite, die hakt ihn einfach unter, zieht mit ihm rum, sitzt mit ihm, trinkt Bier oder ißt was, und mit der kann er plötzlich reden, und wie die lacht und wie die einen ankuckt, wenn sie lacht, Teufel! Ja, bei der kann Matulla reden, der kann er auch erzählen, wie Busch seine Augen waren, als er aus der Tür ging, und an wen ihn diese Augen erinnert haben, und von der Straßenbahn kann er der schwarzen Alla erzählen, wie seine Frau drinstand und durch die Scheibe gekuckt hat, und er hat sich einfach umgedreht und hat doch in Wirklichkeit sagen wollen: Bleib doch da!, aber er kann das nicht, was ist bloß in ihm, daß er so was nicht kann; ob sie das versteht? Ja, die lacht so schön, und auch wenn sie nicht lacht: das ist ein Gesicht, ganz wach, ganz aufmerksam, die hört ja richtig zu, und verstehn kann sie so was auch.

Ja, die versteht so etwas, das weiß Matulla spätestens am nächsten Abend, an dem die schwarze Alla gar nicht mehr so lustig in die Gegend schaut, kein bißchen Lachen, kein bißchen Lächeln mehr, nur so still dasitzen und hin und wieder ein tiefes Einatmen und Ausatmen, ein leichtes Beben der Nasenflügel, alle sind um sie herum, mal ein Schulterklopfen, mal ein Kuß auf die Wange, mal paar locker hingeworfene Worte, Matulla spitzt die Ohren, schiebt sich näher heran, weiß bald um die Art ihres Kummers, der hier Knatsch heißt, Beziehungsknatsch, wat soll Beziehung und mit wem überhaupt, hört des öfteren einen männlichen Namen, läßt sich vom kleinen Kalle das dazugehörige Gesicht ausmalen, so ein schmaler Länglicher mit bißchen Flaum auf der Oberlippe und einem dünngeflochtenen Zopf mitten in seinem langen Haar, ach, der ist das, der ist gemeint, der und die Alla?, das hat Matulla überhaupt nicht bemerkt, wenn ihm auch einiges komisch vorgekommen ist in der letzten Zeit, denn es war ja nicht so, daß er nur Augen gehabt hätte für sich und seinen Kram oder für Busch. Er hat schon oft gesessen, frühmorgens, in dem großen Zimmer und immer mit einem Blick zur Tür, wenn auf der Treppe bestimmte Schritte zu vernehmen waren, hat sich gewundert, daß sie mal von oben kamen, wo das Zimmer der schwarzen Alla lag, manchmal aber auch von unten, also vom Hof, also vom Backsteinhaus, aber immer ist sie allein gekommen, und nie hat Matulla den Eindruck gehabt, sie hätte einem, auch dem Christian nicht, zu dessen Namen er sich von dem kleinen Kalle das Gesicht hat beschreiben lassen, mehr Aufmerksamkeit geschenkt als einem anderen, oder mehr Berührung.

Berührung, das war der Punkt. Er hat ja nicht viel gesehen, aber was er gesehen hat, hat ihm gereicht, jedenfalls anfangs. Wenn er da mal einem die Hand hingestreckt hat zur Begrüßung, dann hat der ihn angesehen, als käme er aus dem letzten Jahrhundert. Händereichen war nicht. Aber dieses Anfassen, und sogar unter Männern. So den Oberarm rauf oder auch den Rücken lang streichen, und das unter Männern. Nun war es so, daß Matulla seine Probleme hatte mit der Berührung. Wenn er eines nicht ausstehen konnte, dann war es, wenn ihn einer anfaßte, jedenfalls anfangs. Das war von klein auf so gewesen, zu Hause schon, und später, wenn aller Streit ausgestritten war und er ganz leer, und seine Arnstädter Ilse kam auf ihn zu mit ausgebreiteten Armen, und er wollte doch auch nur eines, wollte Versöhnung, und kaum war sie eine Handbreit von ihm entfernt, da ging es nicht mehr, wich er zurück, ganz instinktiv, konnte absolut nichts vertragen auf seinem Körper, und sie stand da mit hängenden Armen. Nicht mal von Busch hatte er sich anfassen lassen können, vom kleinen Busch, der früher immer, wenn sie zusammen redeten, an besonders vertraulichen Stellen seine Hand auf Matullas Arm legte, ganz kurz nur, ein kurzer Tip, weißte, Gustav, aber er, Matulla, wurde ganz fuchsig, tatsch mich nicht an, Busch, und Busch ganz erschrocken. Am schlimmsten aber war es in den vollen Bahnen gewesen, wenn er zur Arbeit fuhr oder von der Arbeit kam, überall Hände und Knie und untenrum, und er drückte sich in eine Ecke oder schob die Schultern vor, und stand ganz verkrampft und hatte Ströme von Schweiß verloren, bis er aussteigen mußte. Eines hätte er nie gedacht, daß er sich an so etwas gewöhnen könnte. Und so schnell. Von einer Minute zur anderen. Er ist so über den Hof gegangen, im zweiten Stock hat einer auf dem Fensterbrett gestanden und irgendeine Ecke mit Zement verschmiert, und es ging um den Eimer neben der Leiter, Matulla hat ihn an einen Strick gebunden und ab gings, Matulla hat hochgeschaut, und da spürte er plötzlich eine Hand auf seiner Schulter, und bei Matulla sträubten sich die Haare im Nacken, alles zog sich zusammen, er wollte sich drehen, aber Tonis Hand lag ganz fest, bewegte sich nicht, das zerrte und zog an Matullas Muskeln, er war schon ganz steif und traute sich nicht auszuatmen, und mit einem Mal, von einer Sekunde auf die andere, war alles weg, die Schultern fielen herab, er pustete Luft aus und war locker, und auf seinem Rücken die Hand vom Toni, na und?

Also Handgeben ist nicht, aber Anfassen ist, Arme rauf, Arme runter, Rücken rauf, Rücken runter, Hand kreisen lassen, Küssen ist auch, linke Backe, rechte Backe, oder zwei in der Ecke knutschen ganz ungeniert, Matulla weiß dann nicht, wo er seine Augen lassen soll, so peinlich ist ihm das Getatsche über die Brüste, übern Hintern, aber beim Tanzen ist dann wieder alles ganz anders, keiner faßt einen an, nicht so mit Führungshand um die Taille, und Blickwechsel bei Richtungswechsel, das Knie ein bißchen vorgestreckt, auf der Suche nach dieser Stelle zwischen den Schenkeln, nein, das ist hier ein Gerummer und Gewummer, ein Geschlenker und Geschlacker, und ein Gestampf, daß die Wände zittern, und jeder allein, ganz für sich, die Arme fliegen nur so durch die Luft und die Köpfe wackeln, die schwarze Alla immer mitten drin, die Haare wie eine Gardine vorm Gesicht, und plötzlich den Kopf nach hinten geworfen und ganz entrückt, so fröhlich, so selbstvergessen entrückt, nicht wie jetzt, wo sie am Tisch sitzt und mit spitzen Zähnen an einem Stück Suppenfleisch nagt.

Das kann Matulla doch nicht mit ansehen. Da ist er doch an ihrer Seite. Da steht er zu ihr. Da redet er mal ein Wort mit ihr. Wat sie denn hat. Wer das denn war. Und aus welchem Grund. Na, wer fragt nach dem Grund. Weg isser. Er legt keinen Wert mehr auf eine Beziehung. Und aus. Aber die haben ihn gesehn. In Schöneberg haben die ihn gesehn. Und nicht allein. So ist das. Matulla kann nur den Kopf schütteln. So geht das ja nun nicht. Sone Härte. Einfach so. Und gerade bei ihr. Keinen Anstand hat der nicht mit seinem Zopp. Das muß man doch sehn, daß man mit ihr nicht so umgehn kann, gerade mit ihr nicht. Das sieht doch selbst er, Matulla. Da kann die Alla ihm nur zustimmen. Sie verlangt ja nicht viel. Was sie verlangt, ist ja gar nicht soviel. Es kann ja aus sein. So was gibt es ja. Aber doch nicht so ein Ende. Einfach weg. Ein Satz und dann weg. Und dann in Schöneberg und nicht mal allein. Das kann er ihr doch nicht einreden, daß da vorher nicht was war. Was sie verlangt, er hätte ehrlich sein können. Klar, sagt Matulla, das macht man doch. Und sie sitzt nu hier rum. Soll sie nicht. Nützt doch nix. Soll doch rausgehn, soll sich doch nicht den Kopf schwer machen. So ein Mädchen. Hat sie doch nicht nötig. Gerade sie nicht. Mit ihren Kulleraugen. Da kann sich doch jeder gratulieren, wenn sie ihn nur ankuckt. So ist das doch! Und redet und redet auf sie ein, mal tröstend, mal aufmunternd, mal ihren Trotz herausfordernd, mit Armen und Beinen redet er, und er singt später sogar, ja, er singt ihr das Lied, das die olle Marlene immer gesungen hat, als sie noch jung und knusprig war. Wer wird denn weinen, singt er, wenn man auseinandergeht, und wackelt im Takt mit dem ganzen Körper. Wo an der nächsten Ecke schon ein andrer steht. Und siehe, was keiner geschafft hat, Matulla schafft es, die Alla lacht wieder übers ganze Gesicht, und wie sie ihn anguckt, und wie sie sich umdreht, und wie sie ihre Hände auf Matullas Schenkel stützt – da sieht er nichts mehr, da hört er nichts mehr, da fährt es ihm heiß und von unten her durch den ganzen Körper, ein tiefes warmes Ziehen genau an der Stelle, an der seine knochigen Beine zusammentreffen, und rauf in den Kopf, der mit einemmal frei wird, wie leergefegt von allem, außer von einem, ganz weit im Kopf ist ihm, und wie dieses Gesicht näher kommt und wie er plötzlich etwas Warmes,

Weiches auf seinem Mund spürt, da dreht sich um Matulla alles, er sitzt da, lächelnd und mit geschlossenen Augen, und wie er sie wieder öffnet, ist die Alla längst ihrer Wege gegangen, aber aufzustehen traut er sich nicht, mit seiner abstehenden Hose muß er noch eine Weile warten, und wie er dann aufsteht, kennt sich Matulla nicht wieder. Sein Zustand: schwebend, nein, schwimmend, wie in ganz stillem Wasser bei Sonne und blitzblankem Himmel und Geld in der Tasche und Urlaub.

So geht er die folgenden Tage durch die Flure, durch die Zimmer und über den Hof, wo der dicke Toni mit der Isolierung des schwammigen Fundaments beschäftigt ist, sitzt abends am großen Tisch, rutscht, wenn er kann, in die Nähe der schwarzen Alla, nimmt jede Gelegenheit wahr, ihr dienlich zu sein, mal, indem er ein Salzfaß hinüberreicht, mal, indem er sich um ein sauberes Besteck kümmert, nie aufdringlich, demonstrativ, ganz still, ganz zart, als fürchte er, irgend etwas zu zerbrechen, verteidigt auch einmal ihren Stuhl, den sie für Minuten verlassen hat, vor den Zuströmenden, die sich, achtlos wie immer, auf den nächsten freien Platz setzen wollen, Matulla legt seine Hand auf die gepolsterte Fläche, nee, Junge, such dir was andres, da sitzt schon wer! – Aber wieso denn, jetzt sitzt doch keiner! – Aber gleich sitzt einer! – Aber bis dahin! – Nee, der bleibt frei, basta!

Voller Unverständnis für die autoritäre Einschränkung autonom sich entfaltender Individuen ziehen sie kopfschüttelnd ab, die Alla kommt wieder herein, staunt über die Tatsache, ihren Stuhl noch immer unbenutzt zu finden, Matulla reckt sich in offenem Triumph, erntet ein Lächeln, ein Augenblitzen, eine Hand auf seinem Rücken, kreisend, jetzt wünschte er, Busch, an den er die letzte Zeit über nicht in Zorn, nicht in Trauer gedacht hat, Busch könnte ihn so sehen, so vertraut mit der Alla, und er hätte so gern erzählt, so gern ausgemalt, sich so gern bewundern lassen, und dieser Augenblick, dieses Gefühl, Mensch, Busch, seither ist alles ganz anders.

Matullas Überschwang dauert drei Tage. An einem Freitag hat er begonnen; am folgenden Montag sitzt Matulla grau und schlaff zwischen den lärmenden jungen Leuten, stochert mit der Gabel lustlos in einem Nudelauflauf, und wer ihn fragt, was er um Gottes willen habe, den weist er mit einer matten Handbewegung in Richtung des Fensters: Kuck dir doch mal den Himmel an.

Tatsache war, ein plötzlicher Umschwung des Wetters hatte die Szenerie des Viertels gundlegend verändert; Wolken waren über den Häusern aufgezogen, mitten im Mai, oder war es schon Juni?, ein scharfer Wind blies durch die Fensterritzen, im Keller waren keine Kohlen mehr zu finden, der kleine Kalle lief mit gerollten Filzstreifen durch das Haus, und draußen pladderte ein kalter Regen. Verschwunden die orientalische Lebendigkeit in den Straßen, ein deprimierendes, durch den Verputz der Häuser vervielfachtes bleiernes Grau trieb die Leute, die mit eingezogenen Köpfen, in wetterfester Kleidung, über die Gehsteige huschten, in die Häuser. In der Waldemar hundertzweiundfünfzig wurden die dicken Pullover, die Schals herausgekramt, Matulla selbst saß in eine Decke gewickelt, die aus dem Bestand einer abwesenden Mitbewohnerin stammte, nicht ansprechbar, trotz vieler Versuche, mit Verweis auf erhöhte Wetterfühligkeit.

Wer aber genau hingesehen hat, dem ist ein Vorfall nicht entgangen. Am selben Montag, zur selben Zeit, als der Himmel sich bedeckte, saßen sie alle in dem großen Zimmer, auch Matulla mit seinem neuen Elan, Teller wurden verteilt, Bestecke über den Tisch geschoben, aus der Küche ein Duft nach geschmolzenem Parmesan, da spürte Matulla an einem

Luftzug in seinem Rücken, daß die Tür sich geöffnet hatte, sah die Köpfe sich heben, sah in Allas Gesicht, die ihm gegenübersaß, ein Aufleuchten, sah sie aufstehen, an ihm vorbeigehen, drehte den Kopf, da lag sie schon in den Armen eines Jungen, den Matulla nie gesehen hatte, ein aufgeschossener Blonder mit strubbligem kurzem Haar, dessen Hand auf Allas Rücken kreiste, und unterm Pullover.

Wie Matulla am nächsten Morgen aus dem Bett steigen will, überfällt ihn ein Schwindel. Alles kreist um ihn, er spürt ein Frösteln auf der Haut. Mittags zittert er am ganzen Körper, abends tanzt das Zimmer vor seinen Augen. Der Deckenstuck bewegt sich in welligen Linien, aus den gebogenen Schnörkeln über seinem Kopf fliegen weiße schwanenartige Vögel. Sein trockener bellender Husten und die Tatsache, daß er zweimal dem Essen fernbleibt, alarmieren seine Zimmernachbarn. Wechselweise sitzt Toni, sitzt der kleine Kalle, sitzt die Geli an Matullas Bett, tupfen ihm den Schweiß von der Stirn, flößen ihm Zwiebelsaft ein, massieren Matullas Brust und Rücken mit einer strengen, nach Schlangengift riechenden Salbe.

Matulla schwitzt, röchelt, hustet. Mehrmals ruft er im Fieberschlaf nach Busch, einmal jammert er minutenlang auf eine so klägliche Weise, daß der kleine Kalle, der an seinem Bett sitzt, ratlos ins große Zimmer läuft, Hilfe zu holen. Wie er mit Alla wieder vor Matullas Bett steht, weint der ganz leise vor sich hin.

Dreimal am Tag schleppen ihn seine Betreuer auf den Stuhl am kleinen Tisch, er muß den Kopf über eine emaillierte, mit heißem Wasser und aromatischen Ölen gefüllte Waschschüssel stecken, jemand wirft ihm ein Handtuch über den Kopf, beißende Dämpfe reißen an Matullas Lungen, er fürchtet, er huste sich die Seele aus dem Leib, aber es dauert keine drei

Tage, da ist Matulla fieberfrei. Ermattet und mit stumpfem Blick liegt er tagsüber auf seinem Bett, läßt sich zweimal am Tag bißchen Essen, bißchen Trinken bringen, fragt immer wieder so ganz nebenher, ob sich Busch schon gemeldet habe, und verlangt einmal ein Kartenspiel. Sitzt später, eingehüllt in Tonis blauweiß gestreiften Frotteebademantel und mit einem Wollschal um den Hals, im großen Zimmer am Tisch gegenüber dem Fernseher, draußen scheint längst wieder die Sonne, verteilt Karten in vier mal acht Reihen, sammelt jede zweite wieder ein, mischt sie, legt sie nacheinander auf die liegengebliebenen, schiebt sie reihenweise wieder zusammen, verteilt sie aufs neue, fliegt mit den Augen über die Kombinationen von schwarzen und roten Karten, Damen und Siebenern, Buben und Assen, stutzt einen Moment, wiederholt den Vorgang mit angespanntem Gesicht, schlägt sich an die Stirn, der kleine Kalle schaut ihm über die Schulter, und auch Alla kommt heran, Matulla läßt die Arme sinken und seufzt, sein Gesicht ist kalkweiß, jetzt ist ihm alles klar, Busch gibts nicht mehr.

Wat is? fragt der kleine Kalle.

Hier kuck doch. Pik-As auf Herz-König. Zweimal!

Aber nich doch, sagt die Alla. Er wird doch nicht an Karten glauben.

Matulla hustet und fegt die Karten mit der Hand beiseite. Im Grunde hat er es gefühlt. Er hat es ganz tief im Gefühl. Ja, Busch ist tot.

Und schlurft durch das Haus mit wackligen Beinen, hält einmal den schönen Guido mitten im Lauf an den Schultern fest, beugt sich über die kaffeetrinkende schwatzende Gruppe junger Frauen, liegt der Alla im Ohr und dem kleinen Kalle, spricht einmal sogar den Postboten an, der ein Paket abgibt für den Schwarzgefärbten mit der lilanen Strähne, und sinkt, wie der verständnislos die Schultern hebt, auf die Eckbank im großen Zimmer und brabbelt so vor sich hin, und wer Ohren hat zu hören, der hört Matullas große Rede auf den kleinen Busch.

Matulla sagt: Ihr müßt nicht glauben, daß der Busch irgend so ein alter Knacker war. Der Busch war viel mehr. Der hat noch nie einen sitzenlassen. Der war immer da, wenn man ihn brauchte. Kennt ihr seine Lene? Hat er nie von ihr erzählt? Aus Posen kam sie. Ein bildhübsches Mädchen. Ganz jung ham sie geheiratet. Blutjung. So ein Paar. Das gibts heute gar nicht mehr. Daß so was zu Ende gehen muß. Traurig. Nee, so ein trauriges Ende. Dabei war sie von Grund auf ein froher Mensch. Immer ein Lachen, immer ein frohes Gesicht. Und wie der Busch erzählen konnte von ihr, man war reineweg gebannt. Eine ganz tiefe Liebe. Aber sie war, na, ihr wißt schon ... na ... eine Jüdsche, hat man früher gesagt, oder nur halb, ich weiß auch nicht genau. Sie war ja geschützt durch ihn, er war ja rein arisch. Aber sie hats nicht ausgehalten, das ganze Trara nicht und daß der Busch seine Stelle verloren hat und ins Papierlager mußte. Wo er doch Lohnbuchhalter war bei Ullstein, später Deutscher Verlag. Mann, wie der rechnen konnte, ganz akkurat. Ein Buchhalter mit Leib und Seele. Und dann ab ins Papierlager. Nee. – Sie ist einfach nicht mehr rausgegangen aus dem Haus. Jahrelang nicht. Jahrelang hat Busch alles allein gemacht, Arbeiten und Einkaufen und alle Erledigungen. Sie hat im Haus gesessen. Nur einmal noch ist sie rausgegangen. Ihr müßt euch mal vorstellen, Busch kommt nach Haus, und immer ist die Frau da, und einmal nicht. Der rennt durch die ganze Wohnung und ruft immer: Lene! Lene!, und nur der Brief da. Aufm Bett im Schlafzimmer. Daß sie es nicht mehr aushält, daß sie keinem im Wege stehen will. Daß sie die Last von seinen Schultern nehmen will, und er soll wieder richtig arbeiten in seinem Beruf. Weil sie ihn so liebt. Das müßt ihr euch mal vorstellen. Zwei Tage später hat man sie gefunden. In den Kanal ist sie gegangen. Am hellerlichten Tag. Na, der ist durchgedreht. Der mußte ja durchdrehen. Dreimal hat ers versucht. Sogar in der Klapsmühle. Zweimal die Pulsadern, einmal mit Gas. Aber es ist immer schiefgegangen. Sein Lebenswille war zu stark. So was gibts ja. Und dann hat er sich gesagt, wenn ichs nicht schaffe, hats nicht sollen sein. Aber eine Frau hat er nie mehr angekuckt, nie mehr. Wo er doch ein Mensch war, der gar nicht hat allein sein können. Nee, du. Ihr habt ihn nicht gekannt. Der Busch war im Grunde eine Seele von Mensch. Ein richtiger Mensch war der Busch.

Der ist futsch. Den finden wir nicht wieder. Der ist seiner Lene gefolgt. Nu hats doch geklappt. Und ich Trottel. Was bin ich fürn Mensch. Ich hab ihn noch rausgejagt. Der konnte ja gar nicht anders. Wo sollte der denn hin. Der hatte doch keinen. So wie der gebaut war. So empfindlich. Nee, nee.

Und stöbert jeden Morgen den Lokalteil der Zeitungen durch nach irgendeiner Notiz über einen Leichenfund, einen unbekannten Toten. Und stiefelt, später schon, den Kanal entlang, der sich östlich der Hochbahn durch die Straßen schlängelt, lehnt sich über das eiserne Geländer, stiert, wie Busch früher, in das dreckige Wasser.

Eines fällt ihm auf, wenn er durch die Straßen geht: sein Kiez ist wie abgeriegelt, an allen großen Straßen, die in die anderen Bezirke führen, stehen den ganzen Tag über und auch in der Nacht die dicken Wannen, die Grünen hocken auf den Bänken drinnen, die Uniform aufgeknöpft wegen der Hitze, die langen Knüppel lässig in der Hand, oder sie stehen auf der Straße, fischen aus dem Verkehr immer wieder die buntbemalten oder mit Sprüchen beklebten klapprigen Kisten heraus, lassen sie an den Rinnstein fahren, stellen sich drum herum, die Maschinenpistole im Anschlag, alle müssen aussteigen, die Papiere herzeigen und was sie im Auto drinhaben.

Am Kottbusser Tor, wo die Commerzbank immer wieder neue Scheiben in die Fenster setzen lassen mußte, kleben die nur noch Glas wie Flicken über die Löcher von den Pflastersteinen, die fast jede Nacht da hineingeworfen werden. Die grünweißen Polizeibullis krauchen wie Spinnen durch die Straßen, und an den Kiosken sieht Matulla auf den Titelseiten der Groschenzeitungen immer häufiger warnende Überschriften und Fotos von vermummten jungen Leuten, die sich Schlachten mit der Polizei liefern, und hinten, am Schlesischen Tor, stehen die Überreste eines Reisebusses, der in einer Nacht angesteckt worden ist.

Einmal, er spaziert abends über den Heinrichplatz, sieht er paar junge Leute Müll auf die Straße werfen und alte Möbel, einer gießt aus einem Kanister Benzin über einen Lappen, zündet ihn an und wirft ihn auf den Haufen, der in Flammen aufgeht, die Autos müssen bremsen und abdrehen, Leute hasten durch die Straßen, rufen sich irgend etwas zu von Räumung in Schöneberg, und ganz hinten, an der Kreuzung Adalbertstraße, sieht Matulla ebenfalls ein Flackern, bald ist das Lalü der Grünen zu hören, die mit quietschenden Reifen und Blaulicht immer um den Platz herumfahren, die Gaffer auf der Straße ziehen sich zurück in die Kneipen und Hauseingänge, plötzlich hört Matulla, der in der Türnische eines Trödelladens steht, einen dumpfen Knall, dann ist der ganze Platz voller Nebelschwaden, Matulla brennen die Augen, und das Wasser läuft ihm nur so die Backen herunter, er rennt, so schnell er kann, in Richtung Mariannenplatz, halbblind vor Tränen, aber reiben darf er nicht, sonst wird alles nur schlimmer, daß weiß er noch aus dem Krieg.

Einmal sonntags besucht sie ein großer fahriger Mann mit bläßlicher Gesichtsfarbe. Matulla hat ihn schon einmal gesehen; er ist einer von den heimlich Verbündeten in der Stadtverwaltung und kommt in regelmäßigen Abständen im Haus vorbei, berichtet von den neuesten Ereignissen, den neuesten Stimmungen bei denen oben; er setzt sich zu den Leuten ans Ende des großen Tisches, schlenkert mit seinen Armen und hat eine ganz aufgeregte Stimme, Matulla sitzt abseits und hört nur mit halbem Ohr hin, versteht etwas von Wohnungsbaukreditbank und von fertiger Finanzierung und daß sich hinter den Kulissen einiges abspielen soll und daß, wenn die jetzt nicht bald anfangen zu bauen, alles geplatzt ist. Blicke wandern von der Gruppe am Ende des Tisches zu Matulla hinüber, offensichtlich haben sie über ihn gesprochen, und der Blasse steht auf, setzt sich Matulla gegenüber auf den Rand eines Stuhls, fragt ihn nach den Ergebnissen seiner letzten Unterhaltung mit dem Herrn Senfft, nickt sorgenvoll bei jedem Satz, den Matulla wiedergibt, und rät ihm schließlich, sich sofort einen Rechtsbeistand zu suchen, Matulla sagt: Wat brauch ick Beistand, wenn ick im Recht bin!, der große Blasse wiegt seinen Kopf bedenklich, Matulla soll es nicht zu leicht nehmen, soll nicht zu sehr vertrauen auf sein gutes Recht, der Senfft hat ziemlichen Einfluß in der Stadt, der kennt doch jeden, der ist sogar mit dem kleinen Senator, der jetzt am Ruder ist und am liebsten alle Leute gleich aus den Häusern hinausschmeißen würde, in eine Schule gegangen! Matulla wird tatsächlich unsicher durch das ängstlich sorgenvolle Gerede dieses großen Blassen mit den fahrigen Bewegungen, und als der aufsteht und sich verabschiedet und ihnen noch an der Tür zuruft, sie sollen die Sache nicht auf die leichte Schulter nehmen, da setzt sich Matulla näher an die anderen heran, der Toni ist dabei, die kleine Gaby und natürlich die Alla mit ihrem neuen Schwarm, erst haben alle ganz bedepperte Gesichter gemacht und gehen ein Argument nach dem andern durch, dann schüttelt die Alla plötzlich heftig den

Kopf und sagt, daß alles Quatsch ist und daß der Blasse vor einem halben Jahr genau dasselbe erzählt hat, wißt ihr nicht mehr?, und langsam erinnern sich alle, wie das gewesen ist im Frühjahr, und die Gesichter hellen sich auf, der kleine Kalle macht eine Handbewegung, als würde er etwas vom Tisch wischen wollen, und sagt, der Hans-Joachim is doch ein Schwarzmaler, der will sich nur wichtig machen, und plötzlich ist das Problem nicht mehr da, und es steht nur noch an zu bereden, in welche Kneipe heute abend gegangen wird, oder lieber ins Kino?, na, was spieln sie denn?, na, kuck doch mal nach, und dann geht das Gesuche nach der Programmzeitschrift los, Matulla steht auf, verflogen ist seine Unsicherheit, die jungen Leute müssen das doch am besten wissen, und für ihn ist die Sache sowieso klar, und sie bleibt es auch.

Einmal sitzt er zwischen den anderen im großen Zimmer und stochert in seinem Essen herum, da sagt der dicke Toni: Und der Hof? Können wir nicht mal an den Hof rangehen?

Alle blicken zu Matulla. Doch der hebt kaum den Kopf, und seine Augen sind ohne Saft und Kraft.

Ein anderes Mal bekommt er einen Brief ins Haus, von der Bank, wegen eines Kredits, aber es ist weder eine Zusage noch eine Absage, er solle noch einmal vorbeikommen zwecks Klärung und so weiter. Ach was. Und dann die Briefe vom Anwalt, da kommt für Momente Leben in seinen Körper, da schnauft er vor Ärger und nimmt die Kuverts und reißt sie, so wie sie sind, mitten durch, und rein in die Mülltonne. Der weiß, wo er wohnt. Soll der herkommen, wenn er was will!

Und das Reißen in seinem Bein, das täglich schlimmer wird, er zieht sich an dem wackligen Geländer hoch, wenn er ins Zimmer geht, hockt sich aufs Bett, will gar nicht mehr raus, jedes Schulterklopfen, jeder Spaß, jedes tröstende Wort geht vorbei an ihm, Matulla, der große dürre knochige Matulla ist schlaff wie ein nasser Sack. Nein, diese Last nimmt ihm keiner von der Schulter, auch wenn sie sich noch so heftig um ihn bemühen, es nützt nichts, keiner kann ihn freisprechen, hat alles keinen Zweck mehr, und er hockt auf dem Bett, trinkt Bier aus der Flasche, stiert vor sich hin, und da springt plötzlich die Tür auf, und die Alla steht darin und sagt zu ihm: Gehn wir!

Die strahlt übers ganze Gesicht, und die Augen leuchten. Was ist denn passiert?

Die lächelt und strahlt und sagt nur: Gehn wir.

Sie gehen die Adalbert hinunter, biegen in die Oranien ein, Alla vorneweg, Matulla kommt kaum hinterher, dann noch um zwei Ecken herum und um eine dritte, die Sonne ist schon lange untergegangen, sie stehen in einer schummrigen Straße vor einer Kaschemme, drinnen Musik und Lachen und Gekreisch, Alla schiebt ihn durch die Tür, er steht vor der Theke, reibt sich die Augen vom Rauch und kuckt und kuckt, und wer sitzt da in eine Ecke gequetscht, mitm Bier vor sich, klein und verhutzelt, und kuckt auch?

Den hat der kleine Kalle gefunden, rein zufällig, wollte nur Zigaretten ziehen ausm Automaten, und da saß der mit einemmal drin. Na, er gleich zurück und zur Alla, und die zum Matulla, und jetzt stehn sie hier.

Na, da gibts doch kein Halten. Da reißt er doch die Arme auseinander, da laufen ihm die Tränen die Wangen herunter, da ist es ihm scheißegal, ob das alle sehn oder nicht, da kann er nicht mehr. Und Busch schraubt sich hoch und kuckt ganz verschämt und grinst vor sich hin, und dann liegen sie sich in den Armen und Matulla sagt: Mensch, Busch! und Busch sagt: Ach, Gustav! und Matulla sagt: Ick bin ein Hornochse! und Busch sagt: Ach, red nich! und Matulla sagt: Freuste dir? und Busch: Klar, Mann! Und wie sich Matulla reckt, und das selige Lächeln von Busch, und ran an den Tisch, an dem Alla sitzt, der Kalle und paar andere aus dem Haus, die mit dem Kalle unterwegs waren, und Busch holt ein Bündel Geldscheine aus der Tasche und bestellt Sekt, drei Flaschen, Matulla macht große Augen, Busch schlägt seine Jacke zurück, da ist, wo früher die goldene Uhr war, die er von seiner Lene hatte, eine leere Stelle.

Mann, sagt Matulla, und Busch sagt: Ach, wat! Das muß doch begossen werden, so jung sehn wir uns nicht mehr wieder, und sie prosten sich zu, und Matulla fragt, wo er denn nur gesteckt hat, der Busch, wo sie ihn doch überall gesucht haben, Busch breitet die Arme aus, guckt bißchen verschämt aus der Wäsche, bis Göttingen ist er schon gewesen, per Anhalter, versteht sich, zurück hat er gewollt nach dem schlimmen Knatsch, aber dann, an so einer ranzigen Raststätte, da hat er vier Stunden gestanden und keiner hat ihn mitnehmen wollen, und da ist ihm alles so durch den Kopp gegangen, und wat soll er in Fellbach, bei die ganzen ollen Stinker, und da ist er wieder zurück, ganz einfach, sagt Busch, und Matulla sagt: Und da biste nicht gleich angetanzt, na, sag mal! Du hättest doch kommen können, ick hab mir doch sone Sorgen gemacht, nichwah, sagt Matulla und will Allas Bestätigung, aber die mischt sich nicht ein, und Busch sagt, ein bißchen Suchen tät ihm nichts schaden, nicht wahr, Gustav, das hat dir doch nicht geschadet, und Matulla schüttelt den Kopf über so viel Starrsinn und sagt: Wenn man dir mal alleine läßt!, und dann trinken sie wieder, Matulla hält große Reden, bestellt gleich noch zwei Flaschen auf Buschs Rechnung, und wie sie die Gläser alle in die Mitte halten, um noch einmal richtig anzustoßen, steht er auf, linst von einem zum andern und holt tief Luft, ehe er sagt: Ihr könnt alle drinnen bleiben in mein Haus. Det machen wir allet zusammen, ja?, und die jungen Leute strahlen und Busch strahlt und Matulla leert sein Glas in einem Zug und schmettert es gegen die Wand, der Wirt kommt gleich an den Tisch, Busch winkt beschwichtigend ab, und dann ist es eins, und da gehen die ersten, und um zwei will auch Alla ins Bett, aber Matulla schüttelt den Kopf, nee, jetzt noch nich, jetzt ist er erst richtig in Fahrt, und Busch sagt zur Alla: Ick paß schon auf.

Und Arm in Arm von Kneipe zu Kneipe. Wat, wir beede! Und trinkfest sind sie heute, das soll mal einer nachmachen. Uns haut so leicht nischt um, gar nischt! Hier ein Bierchen, da ein Schnäpschen, und dort ein Bier und ein Schnaps, sogar in einer Bar landen sie, wo der Sekt das Fünffache kostet, aber macht nix, einem Mädchen mit Netzstrümpfen und rotem durchsichtigem Hemd spendieren sie ein Glas, aber beim nächsten ist Matulla davor, nee, nu ist Schluß!, und wie das Mädchen sagt: Du kriegst doch auch keinen mehr hoch, Opa!, grinst Matulla nur, das weiß er wohl besser.

Irgendwann dreht sich alles um sie herum, die Bar, die Straße, ach, die ganze Stadt ist ein wunderschöner, sich drehender Kreisel, wie inner Spinne aufm Rummel früher, weißte noch, Busch, ein Juchzen, ein Fröhlichsein, ein Singen, Mensch, das Leben ist schön.

Und dann Ruhe. Matulla wacht auf, Vogelgezwitscher aus wuchernden Birken. Verfallene Baracken und rostige Geleise. Stiche im Kopf. Matulla greift nach der großen, halbleeren Weinflasche, die sie noch an irgendeinem Kiosk frühmorgens gekauft haben. Nimmt einen Schluck Roten, spuckt ihn aus. Busch reibt sich die Augen. Wo sind wir denn gelandet? Sieht aus wie Gleisdreieck. Gleisdreieck? Busch ist gleich munter. Da ist er doch immer umgestiegen, wenn er zu seiner Lene gegangen ist. So sieht das nu aus. Na, ich danke.

Sie hangeln sich hoch, schütteln sich den Kater aus dem Leib. Was fürn Tag ist denn heute. Was weiß ich. Aber ein neuer ist es, ein neuer Tag. Busch, heut fängt alles erst richtig an.

Und stiefeln los, Arm in Arm über brüchige Schwellen hinweg, durch wuchernde Sträucher hindurch, an verfallenen Laderampen und leeren Bahnwärterhäuschen vorbei. Busch guckt nach links, da liegt irgendwo der Potsdamer Platz, und hinter ihnen ist die Strecke, wo die U-Bahn noch durch das Wohnhaus fährt wie früher, und rechts sehen sie die pechschwarze Kugel des alten Wasserturms, auf den einer über Nacht mit Weiß diesen Kreis und diesen zackigen, in den Himmel weisenden Pfeil gemalt hat, Matulla grinst und zieht Busch die Böschung hinunter auf die Straße, und wohin jetzt?, nach Hause, klar, jetzt ist es ihr Haus, jetzt ist es unser aller Haus, jetzt können sie mal richtig was zeigen. Jetzt ist alles in Butter, Herr Lutter.

Sie gehen am Kanal entlang, Busch sieht gar nicht hin, sie gehen über den Kotti, das Stück Oranien hinunter und die Adalbert bis zur Waldemar.

Ist das die Waldemar?

Das ist doch nicht die Waldemar!

Was suchen die hier? Was suchen neun, nein, zehn Bullenwannen vor der Nummer hundertzweiundfünfzig? Und was ist das für ein schreckliches Ding im Hintergrund, das aussieht wie ein Panzerspähwagen?

Warum ist hier eine Absperrung? Warum lassen die keinen durch? Warum stehen da Haufen von jungen Leuten und pfeifen und schimpfen und johlen? Warum werden die zurückgedrängt?

Wir wolln hier durch.

Weitergehn.

Wir wohnen hier.

Nun machen Sie schon.

Der Herr ist der . . .

Nu haut endlich ab!

Hinterm Spielplatz stehen die anderen. Die stehn aufm Haufen, die Alla, der dicke Toni, die Geli und der kleine Kalle. Ganz blasse Gesichter. Die stehen und starren auf das Haus. Rausgeschleppt sind sie worden, an den Klamotten, an den Haaren, raus ausm Haus. Heut früh. Ganz überraschend. Mit einemmal waren sie da, Staatsanwalt, Polizei, Bauarbeiter. Alles raus, alle Leute, alle Möbel, allen Kram. Diese Bande. Verfluchte Scheiße. Und diese Ohnmacht. Du kannst gar nichts machen. Nichts.

Nichts? Matulla läuft mit großen Schritten, Busch trippelt hinterher. Rein in die Telefonzelle, Nummer gewählt. Die weiß er schon aus dem Kopf. Hier Büro Senfft. Den Herrn Rechtsanwalt bitte. Es knackt in der Leitung. Na, da sind Sie ja endlich. Diese sanfte Stimme. Was geht hier vor! Und mit welchem Recht!

Aber mein lieber Herr Matulla. Es hat alles seine Rechtmäßigkeit. Eine gütliche Einigung hätte alles. Und warum er nicht ins Büro gekommen sei. Er habe ihm doch geschrieben. Gerichtsentscheidung. Bedauerlich für ihn, aber endgültig.

Nichts ist endgültig. Das läßt Matulla nicht auf sich beruhen. Einspruch, Euer Ehren!

Einspruch? Irrtum. Die Frist sei abgelaufen. Gestern. Deshalb doch die Briefe!

Matulla, den Hörer am Ohr, sieht durch die Scheibe.

Draußen der Haufen junger Leute wird immer größer.

Matulla hört Rufe, Schreien, Pfeifen. Und die sanfte Stimme des Rechtsanwalts. Herr Matulla, sind Sie noch dran?

Matulla antwortet nicht. Matulla starrt auf die Straße. Durch diesen Haufen junger Leute, durch die weißgrünen bulligen Polizeiautos hindurch sieht Matulla etwas.

Matulla sieht ein Haus. Es ist vierstöckig, hat einen Seitenflügel und ein Quergebäude aus Backstein. An seiner verschlissenen Fassade kann man noch die Putten aus Gips, die verschnörkelten Festons erkennen. Das Haus bietet Platz für sechsundzwanzig Mietparteien. Sieben Generationen haben darin gelebt. Dann zogen die schwarze Alla und ihre Leute hinein und hängten eine Fahne und ein weißes Laken aus dem Fenster, darauf stand: Besetzt.

Matulla sieht ein Haus. Es steht in einer Straße. Die Straße ist menschenleer. Es ist ein klarer Vormittag. Die Sonne scheint. Matulla hört ein Hornsignal, langgezogen und tief. Stille. Ein zweites Hornsignal. Wieder Stille. Dann ein kurzer dumpfer Krach. Das Haus schwankt für einen Augenblick, und für eine ebensolange Zeit festigt es sich und scheint, allen Widernissen zum Trotz, auf seinem Platz verharren zu wollen, ehe es zusammenfällt und verschwindet in einer Wolke aus Dreck und Kalk, die sich, unendlich langsam, zu senken beginnt und, vor einem vielstöckigen, weißen, mit roten und blauen Vertikallinien verzierten Hochbau, einen exakt zusammengefallenen Trümmerhaufen freigibt.

Matulla hängt ein. Die Straße ist wieder wie vorher, das Schreien, die Rufe, das Pfeifen. Aber die Menge ist angewachsen, bewegt sich in Richtung Hochbahn, direkt auf Matulla, der aus der Telefonzelle tritt, zu. Jetzt stehen sie, Busch und Matulla, in der Menge, jetzt ist die Menge weitergezogen, mitten auf der Straße, und sie stehen, und Busch guckt ihn so schräg von unten an und sagt: Das is zu groß für dich, das is ne Nummer zu groß!, Matulla antwortet nicht, er sieht, wie vorne ein Junge, der sich ein Tuch über den Mund gezogen hat, die faustgroßen kantigen Steine aus dem Mosaikpflaster gräbt, er sieht Hände, die nach den Steinen greifen, er sieht die Steine in den Taschen verschwinden, plötzlich ist Matulla heiß und ebenso plötzlich ist ihm kalt, eine Eiseskälte zieht durch seinen Körper, sein Kopf ist ganz klar, seine

Augen sehen alles ganz scharf, so ist ihm nur einmal im Leben gewesen, das war, als er am Lagerzaun in Krasnojarsk stand und einfach so in die Weite sah, da ist ihm, mitten im Hochsommer, so kalt geworden wie jetzt, und so klar im Kopf, und er hat etwas verstanden damals, er hat auf einmal alles verstanden, was mit ihm passiert war und warum er da stand, am Lagerzaun in Krasnojarsk, meingott, so eine Eiseskälte, und der Busch, der kuckt immer noch so komisch von unten herauf und sagt wieder: Hat keinen Zweck, da biste machtlos, wir warn immer kleine Leute, mit uns ham sie immer allet gemacht, Gustav, stimmts?, der soll doch das Maul halten, der Busch, jetzt, wo ihm so kalt ist, und wer ist denn da vorne bei den ganzen Leuten mitten auf der Straße, das ist doch die Alla, die schwarze Alla, meingott, is die schön und ganz zornig, und sie winkt immerzu, aber wem denn, doch nicht ihm?, da kann er sich umkucken, da steht doch keiner mehr, nur er und Busch stehen da, und die schwarze Alla winkt immer noch und ruft: Na, was ist!, und Busch guckt Matulla an und Matulla guckt Busch an, und die schwarze Alla brüllt über die Straße: Seid ihr angewachsen!, und Busch hebt die Schultern und Matulla atmet tief ein und reckt sich und streckt sich, setzt ein Bein vors andere, sagt zu Busch: Komm! und ruft laut zu der Alla: Alter Mann ist doch kein D-Zug!

9

Busch sagt, es ist alles ganz schnell gegangen. Von der Waldemar aus sind sie, mitten auf der Straße, die Oranien hinunter, über den Heinrichplatz und dann zweimal nach rechts und rauf auf den Kotti. Links die Skalitzer war schon abgeriegelt und die Wiener auch. Die Autos, die von der Stadt her gekommen sind, haben stoppen müssen oder sind abgedreht, wenn sie noch gekonnt haben, jedenfalls hat ein fürchterliches Hupkonzert angefangen, und dazu das Lalü der Wannen, zwanzig mindestens, sein eigenes Wort hat man nicht mehr verstehen können vor lauter Getute und Geheul. Erst sind sie hundert oder hundertfünfzig gewesen, aber es sind immer mehr Leute gekommen, von allen Seiten, außer natürlich von der Wiener und der Skalitzer links. Sie haben sich unter der Hochbahn versammelt und Ketten gebildet, einer hat den anderen untergehakt, Busch den Matulla und den dicken Toni, er hat ganz fest gehalten, das Herz hat ihm im Hals geklopft, und sein Mund ist ganz trocken gewesen. Über ihnen sind die Züge hinweggedonnert, und ihm ist noch aufgefallen, daß das Bahnhofsdach ganz bekleckert war mit Taubendreck. Plötzlich hat es so ein Geräusch gegeben, so ein Plopp, und noch mal und noch mal, und dann hat er die Dinger gesehen, so runde silberne Dinger wie Büchsenfleischdosen, und ein weißer Rauch ist herausgekommen und steil nach oben gestiegen. Matulla hat den Kopf gehoben und gesagt: Riech mal, Busch!, und Busch hat auch den Kopf gehoben und gerochen, es hat ganz würzig gerochen und streng, und Busch hat sich erinnert, wie sie früher, als Kinder, immer Stinkbomben gemacht haben aus alten Filmen, zusammengerollt und in Papier gewickelt, mit dem Brennglas draufgehalten, bis es gezischt hat, und weg die Dinger, ein Qualm und ein Gestank war das, so würzig und streng wie auf dem Kotti der Rauch aus den silbernen Büchsen, Busch hat Matulla noch fragen wollen, ob er das gemeint hat, ob er diesen Geruch gemeint hat, aber dazu ist er nicht mehr gekommen, die Augen haben ihm angefangen zu tränen, er hat nur noch gesehen, wie der dicke Toni sich das schwarze Halstuch vors Gesicht gezogen hat und der kleine Kalle auch und die Alla, und wie sie die runden Dinger genommen und zurückgeworfen haben, mitten rein in die Grünen, die vor den Wannen in der Wiener und links in der Skalitzer gestanden haben, die Grünen gleich weg, und dann Steine hinterher, einer ist im hohen Bogen geflogen und auf dem Dach einer Wanne gelandet, genau auf dem flackernden blauen Licht oben, patsch! ist es weg gewesen, und ein Gejubel plötzlich, und alle vor, sogar Busch ist mit seinen tränenden Augen paar Schritte getippelt, hat dann aber auf Matulla warten wollen, der hinter ihm geblieben ist, und dann ist es losgegangen. Von allen Seiten hat Busch plötzlich Grüne gesehen, links Grüne, rechts Grüne, vorn Grüne, mit langen Knüppeln und Turnschuhen an den Füßen, meingott, wie die rennen konnten, und alles ist plötzlich auseinandergelaufen, son Durcheinander!, und die Wannen plötzlich auf sie zu mit jaulenden Motoren, und da hat Busch nicht mehr gewußt, wie seine Mutter heißt, hat die Beine in die Hand genommen und weg, hat einen Pfeiler erreicht von der U-Bahnbrücke, hat sich da reingedrückt und gezittert und gepustet und hat dann gesehen, wie der Schwarzgefärbte mit der lilanen Strähne über ein Gitter gehechtet ist, zwei Grüne hinter sich, hat gesehen, wie die Alla eins über den

Rücken gekriegt hat, aber noch weggekommen ist zur Seite, hat gesehen, wie der dicke Toni im Laufen gestolpert ist und drei, vier Grüne gleich auf ihn rauf, und immer mitm Knüppel rauf und mit die Stiebel, Busch hat geschrien, hat zu ihm hinrennen wollen, hat sich aber nicht rausgetraut, und dann hat er Matulla gesehen, ganz steif, ganz aufrecht in all dem Gerenne und Geschrei, Matulla hat genau auf der Stelle gestanden, an der Busch eben noch gewesen ist, Matulla hat sich nicht einen Schritt bewegt, Matulla ist einfach stehengeblieben. Busch hat gebrüllt, er soll herkommen, Gustav, komm hierher! hat er gebrüllt, Matulla hat den Kopf gewendet und ihn angekuckt, Busch hat sein Gesicht gesehen, aber im nächsten Moment hat er wieder Grün gesehen. Der stand vor ihm, son jungscher Kerl, so alt wie der Toni oder der dünne Kalle, der stand vor ihm und hat den Knüppel gehoben, Busch hat schnell die Augen zugemacht und die Hände übern Kopp und hat auf den Schlag gewartet, hat eine Ewigkeit gewartet, aber der Schlag ist nicht gekommen, und als er die Augen aufgemacht hat, ist der jungsche Grüne weggewesen, und Matulla ist auch weggewesen, und Busch ist plötzlich alles egal gewesen. Er ist rausgetreten aus der Nische in dem Pfeiler und hat Gustav! gerufen, Gustav, wo bist du denn!, und da hat er Matullas Stimme gehört, ganz schwach und ganz dicht neben sich, und da hat Matulla an der Wand von dem Fahrkartenhäuschen gelehnt, und Busch hat gedacht, der ruht sich bißchen aus, aber dann hat er gesehen, wie Matulla langsam an der Wand heruntergerutscht ist, bis er auf dem Hosenboden gesessen hat, und da hat Busch schon alles geahnt, und er ist hin zu ihm, hat auf ihn eingeredet, hat zu ihm gesagt, er soll doch aufstehn, soll doch keinen Mist machen, hat ihm zureden wollen, trösten wollen, wenigstens kriegt er doch jetzt die ganze Kohle, eine halbe Million durch drei, Gustav, sag doch wat!, aber Matulla hat nichts gesagt, kein Sterbenswörtchen ist über seine Lippen gekommen, er hat am Fahrkartenhäuschen gesessen, den Rücken an der Wand. Nein, Busch glaubt nicht, daß ihm einer was getan hat. Möglich, er ist angerannt worden bei all der Panik und so wie er gestanden hat, mitten auf der Straße, aber Busch glaubt eher, es war gar nichts mit ihm, er schließt das aus dem Gesicht, das Matulla gemacht hat, auf der Straße und noch ganz zuletzt, und das Busch nicht vergessen wird, wie er das Gesicht von seiner Lene nicht vergessen hat. Vielleicht täuscht sich Busch. Vielleicht ist es dem Matulla doch schlimm gegangen, wer soll das wissen, außer Matulla, aber Busch glaubt es einfach nicht, wenn er an dieses Gesicht denkt. Nicht, daß Matulla etwa gelächelt oder so ausgesehen hat wie mitm Heiligenschein um den Kopp, nee, Matullas Gesicht ist ernst gewesen, ein ganz ernster Zug war um seinen Mund unter der kleinen Rotzbremse, und in den Augen hinter der alten Nickelbrille kein bißchen, aber auch nicht die Spur von Angst.